わたしのSPの鉄壁♥恋愛警護

Shino & Shun

桜木小鳥

Kotori Sakuragi

EB

エタニティ文庫

目次

わたしのSPの鉄壁♥恋愛警護

1

予感があった、なんて非科学的なことは言わない。だってわたしはリアリストだから。前触れとか悪い予感とか、そういったものを感じたことはこれまで皆無《かいむ》だ。

その日はいつも通りの時間に家を出て、いつもと同じ電車に乗った。いつもの場所、いつもの駅、いつもの道を通って会社に向かう。

けれど、唯一いつもと違ったのは、見るからに怪しい人物が目の前にいたこと。

深く帽子をかぶっているから顔は見えない。その上、もう春も盛りなのに、厚手のロングコートを着ている。

まわりには通勤中の人たちがたくさんいて、そのほとんどがすぐ前にある巨大なビル——芳野《よしの》総合警備保障の本社ビルを目指している。もちろん、わたしもその中の一人だ。

そんな中、その怪しい人物は、わたしの少し前にいて、人の流れに逆らいまっすぐに目の前の女の人に向かっていた。

わたしは歩くスピードを少しずつ落とし、男を見つめる。

帽子の隙間から見える目は、一見なにも見ていないようでいて、その実、強い悪意を感じさせた。

不審者決定でしょ。

わたしは、肩にかけていた大きめのトートバッグに右手を入れ、目当てのものを探して握る。男が女性との距離を詰め、その間は五メートルを切った。
三、二……
心の中でカウントダウンを始めた時、目の端《はし》に人影を捉《とら》えた。同じような風貌の男がもう一人、こちらに向かってくるのが見える。

二人なんて聞いてないってば！

目の前の男と女性の距離はもう目と鼻の先だ。どうしようかと焦っていると、また新たに黒いスーツの男が一人駆け寄ってくる。

いや、三人はまじで無理だって。

なんて思ったその時、黒いスーツの男が目の前の男に飛びかかって、一瞬で地面に引き倒した。

大きな音が響きわたり、まわりから悲鳴が上がる。

ホッとしたのも束の間。もう一人の男がそのままのスピードで、わたしに向かってきた。とっさに振り向き、トートバッグから取り出したものの照準を合わせる。

男がわたしのほうへ手を伸ばした瞬間、右手から「ボンッ！」という音とともに、細い網が飛び出す。それは投網《とあみ》みたいに男の体を包み、驚いたその男はそのまま後ろにひっくり返った。

まわりからまた悲鳴が聞こえ、それと同時に、おおーという声とまばらな拍手の音がする。

わたしは右手に握ったピストル型の装置から出ている白い煙《けむり》をふっと息で払い、まだ網の中でもがいている男を見下ろした。

「このわたしに襲いかかってくるなんて、勉強不足もいいところよ」

男が苦々しい表情でこちらを見上げた。網が体中に絡まって取れないようだ。

それもそのはず、この網は特殊な糸で編まれている。

蜘蛛《くも》の糸をヒントに作られたその素材は、粘着性があり一度くっつくと特殊な洗浄液をかけない限り取れないようになっていた。

開発したのは、芳野総合警備保障、企画開発室商品開発部、課長である、わたし――桃井《ももい》志乃《しの》、三十歳だ。

まだ試作段階のこの網、汎用性《はんようせい》はないが、この危機を回避できたのだから実用性はまあありそうだ。これでデータも取れるかもしれない。

もう一人の男のほうを見ると、黒いスーツ姿の男に取り押さえられていた。

どうやら味方だったスーツの彼は、がっちりとした体格で、かなり鍛えていることが服の上からでもよくわかる。

その正義のヒーローにお礼を言おうと、わたしは声をかけた。

「あの……」

彼が振り返る。

「……あら」

その顔を見て、わたしは口をぽかんと開けてしまった。

芸能人張りのやたらと整った顔は、目つきが鋭く、口は不機嫌そうに閉じられている。

その顔に見覚えがあった。

彼は――

「大丈夫か？」

彼の口から出た声はやけに低くて、やっぱり不機嫌そうだ。

わたしが黙ったまま頷《うなず》いたその時、ビルの中から騒ぎを聞きつけた大勢の警備員が走り出てきた。あっという間にまわりを囲まれる。

網に絡まった男を取り押さえようとした警備員に、わたしは慌てて声をかけた。

「待って。そのまま触らないで。あなたもくっついちゃいます。なにか、シーツみたいなもので包んでください。あとで洗浄液を持っていきます」

警備員は頷《うなず》き、誰かに無線で連絡した。

「桃井さん！」

突然、声をかけられ顔を上げる。騒然としている群衆をかき分けてやってきたのは、社長の側近の一人だ。

彼はまだ倒れている男を一瞥《いちべつ》し、わたしに顔を向けた。

「桃井さん、お怪我は？」

「いいえ、なにも。大丈夫です」

「良かった。社長からお話があります。ご同行ください」

「今？　でもすぐに洗浄液を届けなければ、あの網の扱いに困るし、それに警察にも……」

「それはこちらで対応します」

彼がそう言うと、大きなビニールシートをかかえた屈強な男性らが走ってくる。そして、そのまま男を包んで運んでいった。

まだその場で騒然としている他の社員たちも、警備員に誘導されて少しずつ移動を始める。

「桃井さん」

「あ、はい」

社長の側近に促《うなが》されたわたしも、歩き出す。急いであたりを見回したけど、さっきの黒いスーツの彼は、どこにも見えない。お礼を言いそびれてしまった……

後悔しているうちに、どこからか現れた別の黒いスーツ姿の男たちに囲まれる。どうやらこの会社の警護課の人のようだ。

なんだか大仰な様子に胸がざわつく。

なにがあったの？　いや、通り魔にはさっき遭《あ》ったけど。

わたしを中心に異様な集団が出来上がった。人がわたしたちを避け、道が開かれる。なんだか、ものすごいＶＩＰになった気分だ。

確かに、防犯グッズの開発でかなりの利益を会社にもたらしている自覚はある。

わたしは、昔から発明に興味があったし、物を作るのが得意だ。防犯装置全般を特に勉強して、業界最大手のこの会社に入れたことも運が良いのだろう。

その運の良さのまま、商品開発部に配属され、以来、防犯装置やグッズの開発に勤《いそ》しみ、才能をしっかり開花させた。大きな企画開発にも携《たずさ》わり、特許をいくつか持っている。

今では「芳野のマッドサイエンティスト」なんて、嬉しくもない異名もついているのだ。

けれど、開発以外のことに関しては、褒められるものはあまりない。

容姿は普通。さらには、開発に夢中になりすぎて世の中のことにちょっと疎《うと》い。

ため息をついたわたしは、社長専用のエレベーターに乗せられた。塀みたいな男たちに囲まれ、なんだか息苦しい。

最上階で扉が開くと、そこにはまた別のボディガードが控えていた。

その先に進むのは社長の側近とわたしだけで、大勢のボディガードはその場にとどまる。

わたしは広い廊下を歩き、大きな扉の前で立ち止まった。手をかける前に、扉は内側から開く。

その扉の真正面の大きな机に、社長が座っていた。

ラスボス感がするな。

そんな心の声を隠しながら、側近と一緒に中に入る。

スイス人の血を引く芳野《よしの》社長は、日本人離れした容姿で、威圧感がすごい。その経営手腕は誰もが認めるところで、彼が社長に就任して以来、会社の業績はうなぎのぼりだ。

「大丈夫か？」

社長が低い声でわたしに聞いた。

「なにが？」と一瞬思ったけれど、すぐにさっきのことだと気がつく。

「はい。通り魔なんてびっくりしましたけど、おかげで新しい防犯グッズの実践データが取れそうです」

そう笑顔で答えたのに、社長の表情は厳しい。そしてよく見ると、そばに控えている四人の側近も、みんな神妙な顔をしていた。

なんだか、わたし一人だけテンションが緩《ゆる》いようだ。

確かに会社の前で通り魔に襲われるなんて、新聞沙汰だ。会社としてはありがたくないのかもしれない。

そう頭の中で考えていると、社長がじっとこちらを見つめてきた。わたしは、慌てて居住まいを正す。

「最近はどうかな？　開発は進んでいるか？」

ん？　急に仕事の話になった？

「はい。今は女性用の携帯防犯グッズをあれこれ試作中ですが、順調です」

「そうか。では、待遇についてはどうだろう？　例えば報酬に不満は？」

「……別に、なにもありませんけど。仕事は好き勝手にやらせてもらえて大満足ですし、お給料も過分にいただいていると思っています」

給料制だけど、開発の成功報酬はボーナスとしてきっちりともらっている。

「他の会社に移ろうと思ったことは？」

「いえ、考えたこともありません」

社長はさっきからいったいなんの話をしているのか？　頭の中は疑問符だらけだ。

困惑気味のわたしに対し、社長はようやくホッとした顔になった。それでも厳しい表情を崩さず、わたしをジッと見据《みす》える。

「率直に言おう。きみは狙われている。いや、きみ自身というか、恐らくきみが持っている特許権だろうがな」

「……は？　え？　誰に？」

あまりにも突飛《とっぴ》な発言に、わたしは思わず敬語を忘れた。

「誰というより、企業にというほうが正しい。きみはある企業から狙われている」

「は？」

「自分がどれほど利益を生む開発をしてきたか、自覚はないのか？　去年きみが作った顔認証システムは、今や市場のほとんどを占めている」

「いや、知っていますけど……」

「きみの開発に関わる特許権は、うちの会社が保有しているものもあるが、いくつかはきみ個人が所有している。その特許権をきみが他の企業に譲渡した場合、その企業は多額の使用料を受け取ることができる」

「……はあ」

「その利益を欲しがる企業があってもおかしくはないだろう。きみがもし、我が社に不満を持っていて、それが少しでも外部に洩《も》れれば、あっという間に他社から引き抜きがかかるはずだ。だが、我々としては、きみの才能を手放すつもりはない。きみにとってより良い環境を維持できるよう努めるつもりだ」

「はあ……」

「だが、今我々が掴んでいるその企業は、正攻法を取らないらしい」

「とおっしゃいますと？」

「過去の事例から考えられる最悪のパターンは、拉致《らち》監禁の末の強制労働」

「ひいっ」

思いもよらない恐怖ワードに身がすくむ。

「一番よく使われる手は脅迫だ」

「きょ、脅迫!?」

社長が難しい顔をしたまま頷《うなず》いた。

「ターゲットの弱みを握る。相手にその隙がない場合は、あえて罠をしかけて弱みを作る。それを元に脅迫をして……。まあその先はわかるだろう」

いやいや、わかりたくないですけどっ。

「つまり、きみは現在そういう組織に狙われている」

社長はわたしにビシッと言い放った。まわりに控えている側近の皆さんも、真剣な顔だ。

「じゃ、じゃあ、もしかして今朝の人も？」

あんなのが次から次に現れるのは怖すぎる。わたしが尋ねると、社長はちらりと側近の一人を見た。

「可能性はありますが、やつらは公衆の面前で警察沙汰になる可能性があることを滅多にやりません。実情はどうあれ、本人が自主的に転職したことになっています。これまでは」

なるほど、脅迫の末の自主退職ってことか。

「じゃあ今朝の人は？」

「まだわかりませんが、おそらく別件でしょうね。彼らは武器らしいものはなにも持っていなかったそうですし、こちらの過剰防衛で終わりそうです」

社長に代わって側近が答える。

「――ということで、きみにボディガードをつけることにした」

「はい？」

社長の言葉がうまく呑み込めなくて、またまぬけな声を出してしまった。

「ボディガードだ」

「……ボディガードって。直接的な攻撃がないなら、要《い》らないんじゃないですか？　たとえ今日みたいなことがあっても、自分の身は自分で守れますし」

ただし相手が一人だけなら……だけど。

「相手の動きを正確に掴めるまでは、念には念を入れたい」

社長はわたしの言葉を一蹴《いっしゅう》して、どこかに向かって手を振る。すると、後ろのドアが開く音がして、黒いスーツ姿の男女が部屋に入ってきた。

でかい。

女性のほうも背が高いけど、男性のほうがとにかく高身長だ。

彼の顔を見たわたしは、一瞬時間が止まった気がした。

「紹介しよう。警備部警護課所属の――」

「あっ！」

社長の言葉に重ねて、わたしは声を上げる。

「知り合いか？」

「いえ。さっきもお会いしたので……」

そこにいたのは、さっき助けに入ってくれた黒スーツの男だ。

おもむろに彼は口を開く。

「同期です。新人の頃から、この人には酷《ひど》い目に遭《あ》わされています」

そう言って、わたしのほうを見た。

なんか腹が立つ視線だわ。

「ちょっと。人聞きの悪いこと言わないでよ。あれらは事故でしょ」

「俺は毎回、死にかけたがな」

「防犯用の武器を当てたのは悪かったわよ。でも、あの時にもちゃんと謝ったでしょう。いつまでも昔のことをうるさいんだから……」

「なんだと」

彼が一歩近づいてきた。

身長百五十五センチのわたしと比べ、彼は百八十センチ以上ありそうだ。

でも、そんな見下ろされるように睨《にら》まれたって、怖くないもんね。

負けじとじっと睨《にら》み返していると、ゴホンッと咳《せき》払いが聞こえた。慌てて振り返ると、社長が面白そうな顔でこちらを見ている。

「随分と仲が良さそうだな」

「まさか！」

「違います」

思わず声が揃ってしまい、彼がまた苦い顔をした。

この男は、同期の柚木《ゆずき》駿《しゅん》だ。

芳野総合警備保障の警備部警護課所属で、芸能人張りのイケメン。少しぶっきらぼうなところがわたしはどうかと思うが、女性人気は高いそうだ。

初めて柚木を見た時は、わたしも素敵な人だなーと思った。若気の至りというやつだけど。

ただ彼とは、なにかと間が悪い。

彼がいると、なぜかわたしは失敗する。

そもそものきっかけは、新入社員歓迎会だ。

新入社員が一堂に会し親交を深めるその会では、自己紹介としてそれぞれが得意なことを披露することになっていた。

念願の警備会社の企画開発室に所属が決まったわたしは、意気揚々《いきようよう》と、学生時代に開発した防犯グッズの試作品を発表したのだ。

そして、小型のカラーボールを発射できるハンドガン型のそれを的《まと》に向かって発射した瞬間、離れたところで見ていた柚木の顔を掠《かす》めた。カラーボールは破裂せず、彼の後ろの壁にめり込む。

会場は一瞬シーンとなり、それから様々な悲鳴や叫び声が溢《あふ》れ、阿鼻叫喚《あびきょうかん》の嵐になった。

「お前！　危ないだろうっ!!」

わたしは頬《ほお》にうっすらと血を滲《にじ》ませた柚木に詰め寄られた。

「ごめんなさい！　大丈夫ですか？　おかしいな。練習ではうまくいったのに。わたし、射撃には自信があるんです」

「そういう問題か!?」

「本当にごめんなさい」

何度も謝ったけど柚木の怒りは収まらず、会も急遽《きゅうきょ》中止になった。彼は治療のために病院へ連れていかれ、この事故がきっかけかどうかはわからないものの、翌年以降、この新入社員歓迎会はなくなった。

そして、彼との因縁《いんねん》はその後も続く。

たとえば、社内で警報器の実験中、偶然居合わせた彼に防犯ブザーの大音量を聞かせてしまったとか、たまたま彼が通りかかる前にまきびしをばらまいてしまうとか、そんなこと。

そのたびに彼からはすごい剣幕で怒られ、こっちだってうんざりしている。

普段、こんな失敗はしないのに、柚木がそばにいる時に限って迷惑をかけてしまうのはなぜなのか、わたしにだって謎だ。

だが、開発に失敗はつきもの。失敗なくして成功はない。

「——ならば、自己紹介の必要もないかと思うが、一応言っておく。警護課の柚木と安《あん》藤《どう》だ。当分の間、この二人にきみの身を守ってもらうことにした」

わたしの長い回想をぶった切るように社長が言った。柚木の隣にいる女性が一歩前に出る。

「安藤楓《かえで》です。初めまして」

すらりと背が高く美人な彼女は、まるで見下《みくだ》すみたいにわたしを見た。なんだか、ものすごく嫌そう。

柚木も彼女もこの配置に不満があるようだ。もちろんわたしも。

「社長、他の人にしてくれませんか？」

「悪いが、彼ら以上の人材がいなくてね。特に柚木は凄腕だと評判だ」

わたしの願いはあっさりと却下された。

「じゃあ、絶対に研究の邪魔をしない、協力すると約束してください」

そう言うと、社長は一瞬、柚木たちを見て頷《うなず》く。

「約束させよう。では、頼んだぞ」

社長が改めて二人を見た。まるで反論は認めないとばかりの怖い目だ。その瞬間、二人の表情が変わった。

ああ、プロなのね。

びしっと背筋を伸ばして社長からの指令を聞く彼らを見ながら、わたしはこっそりとため息をついた。

ただ毎日楽しく開発をしていたいだけなのに、こんなことになるとは……

誰とも知らない相手から狙われるのと、自分を嫌っている人間と四六時中一緒にいること。果たしてどちらがましなのか、今はまだ答えが出なかった。

2

怒濤《どとう》の展開についていけないまま、不審者の体に貼りついた特殊な網を外すことで一日が終わった。

その間も柚木はわたしと一緒にいて、呆れた顔をしていただけだ。

結局、彼らがわたしのボディガードとして正式に動き出したのは、翌日からだった。

翌朝。わたしは出社し、まず商品開発部に顔を出す。

「桃井さん、おはようございます。昨日は大活躍でしたね。大丈夫でしたか？」

「おはようございます。ええ、大丈夫よ」

「通り魔を撃退したって、すごいじゃないですか！」

「あのまさかの投網《とあみ》型銃の実用性が証明されましたね！」

「ええ、そうね」

まさかってなによ、と思いつつ、奥へ進み、自分のデスクに向かう。

「桃井くん、おはよう」

隣の席に座っていた、年配の男性が顔を上げた。

「部長、おはようございます」

彼はわたしの上司だ。

「昨日は大変だったたね。社長からボディガードの件も聞いたよ。こちらも用心するが、きみも十分注意するように」

「はい」

「彼は、もうきみのラボにいるよ」

「あー。はい……」

なんだか気が重い。

わたしはデスクの上にある書類を一通りチェックして、ファイルにまとめた。商品開発部のフロアには週に一、二度しか立ち寄らない。ほとんどの日は自分の研究室に直行している。

「ではしばらく籠《こも》りますので、なにかあったら内線お願いします」

そう部長に伝え、わたしは荷物を持って入り口とは反対側のドアを出た。

その先は、長い廊下が続いている。片側に洗面所と給湯室があり、さらにその奥を曲がるとエレベーターと非常階段がある。

エレベーターで地下二階まで下り、目の前のドアに手をかけた。

「――うへーっ、どえらいイケメンですね！」

中からすっとんきょうな声が聞こえる。

十五畳ほどの広さのその部屋は、〝商品開発部、課長室〟――通称ラボと呼ばれていた。開発用のコンピューターと作業机で、そのほとんどが埋まっている。

そんな部屋の真ん中で、わたしの助手の河合《かわい》さくらが柚木の顔を見上げていた。そして、やおら自分のスマホを取り出し、写真を撮ろうとしたところで彼に遮《さえぎ》られる。

「申し訳ないが、写真は厳禁だ」

「えぇー、ＳＮＳにあげたりしませんよ。個人で楽しむだけなのにー」

さくらが残念そうな声を出す。

「写真くらい撮らせてあげたら？」

わたしがそう言いながら近づくと、柚木が振り返って苦い表情を浮かべた。

「あ、カチョー！　おはようございます。カチョーのボディガード、超イケメンじゃないですかっ！」

さくらの楽しそうな表情を見て、わたしは彼と同じような苦い顔になる。

わたしより五つ年下の彼女は、優秀な助手だが若干ミーハーなところがあるのだ。

「おはよう、さくらちゃん。事情はもう聞いてる？」

作業台の上に荷物を置き、あえて柚木を見ないようにしてさくらに声をかけた。

「あ、はい。先ほど社長秘書の乃木《のぎ》さんが来て、一通り説明してくれました」

「そう。まあ、そういうことになったから、しばらくよろしくね」

「はい。それにしてもカチョーも大変ですねえ。変な組織に狙われるなんて」

「まったく困ったものよね。でもこんな時こそ通常営業。前回の続きをやりましょ」

「了解！　では準備してきますね」

さくらが頷《うなず》いて別室に消えた。それを見送って、今日初めて柚木に向き合う。

「その怖い顔はなんとかならないの？　朝から気分がだだ下がりよ」

「悪いが、これが地顔だ」

彼は面白くなさそうな顔、というより真面目な顔のままだ。

笑えばもっと素敵なのに……なんて、絶対口にしない。

「わたしのことが嫌いなら、他の人に代われないの？」

「嫌いだと思ったことはないし、他のやつにこの任務を任せるつもりもない」

「え……!?　そうなんだ」

意外な彼の言葉に、わたしは驚く。

嫌じゃないんだ。

柚木はわたしに対して怒っていたし、ずっと避けられていると感じていたのに……だったらもっと楽しそうにしてくれてもいいじゃない、とは思うけど、そこまで望むのは贅沢《ぜいたく》だ。

わたしは荷物を片づけて自分のパソコンを立ち上げ、まずメールをチェックした。急ぎのものにはすぐ返信をして、フォルダに振り分けていく。

今日必要な資料を揃えながら、手持ち無沙汰のように立っている柚木を見た。

目つきは鋭く、短く切った髪がその精悍《せいかん》な顔立ちをさらに引き立てている。黒いスーツをビシッと着こなし、耳には小さなインカムをつけていた。

悔しいけど、かっこいいし絵になる。さくらが思わず写真を撮りたくなるのも頷《うなず》けた。

でも、わたしは彼の怒った顔以外、ほとんど知らないのだ。

いくらかっこ良くても、怒り顔は好きじゃない。わたしが悪いのだけど、強い男はおおらかでないと。

資料をプリントアウトしてファイルに挟み、立ち上がったわたしは、柚木に声をかけた。

「移動します」

彼は黙って頷《うなず》き、おとなしくわたしのあとをついてくる。

入り口と反対側にある実験室と書かれたドアをわたしが開けると、背後の彼が息を呑んだ。

まあ、普通の人は驚くだろう。

ラボの隣にある実験室は、わたしのために作られた特別な部屋だ。

広さはテニスコート約二面分。全体を強化コンクリートが覆《おお》い、天井の高さは十メートル以上ある。ちょっとした体育館みたいで、多少の爆発ならなんの問題もない。

実は数年前に当時の実験室を半壊させて、見かねた前社長が作ってくれたのだ。

併設された倉庫には、今まで開発してきた防犯扉や金庫などが保管されている。

わたしたちが実験室に入ると、先に準備をしていたさくらが手を振った。

中央の三メートル四方をアクリル板で囲い、外側にパソコンとつなげたカメラと速度計をセットしてある。

わたしは、さくらから受け取った白衣を羽織《はお》り、持っていたゴムで髪の毛を一つにしばった。ゴーグルとマスクをつけたあと、作業台の上に置かれたアルミのアタッシュケースから小さな部品を取り出す。

「なにが始まるんだ？」

そんな柚木の言葉は無視して、アクリルの箱の中に入った。

部品は直径二センチほどのおはじきによく似たものだ。それを中心に置き、起動装置を取りつける。

「さくらちゃん、カメラの位置確認して」

「はーい」

「全体が入るようにしてね」

「はい。アングルOKでーす」

位置をもう一度確認し、箱の中から出た。

モニターの前にさくらとともに立つと、後ろから柚木が覗《のぞ》き込んでくるのがわかる。

その距離の近さに思わずドキッとしてしまう。

「じゃ、じゃあ始めるわよ」

「はい」

わたしはキーボードを操作して、起動スイッチを入れた。箱の真ん中の装置をじっと見つめるけれど、なにも起こらない。

「……あれ？　電流が来てない？」

「うーん、信号も来てませんね」

モニターを見つめて、さくらが言う。

「配線ミスかしら？」

確認しようと箱の入り口に近づき、わたしが扉を少し開けたその時、突然中の装置がポンッと音を立てて起動した。

「きゃっ!?」

「うっ」

軽い衝撃を感じたかと思うと、気づいた時には柚木に抱きしめられていた。その態度は、まるであの箱から守ろうとしてくれているみたいだ。

「あ、ありがとう」

「っっげほっ、がっ……。な、なんだこれはっ」

わたしを抱きしめたまま、彼は咳《せき》込んだ。

あたりには箱から溢《あふ》れ出た白く薄い煙《けむり》が広がっている。空調が動く音が聞こえた。さくらが換気ボタンを押したようだ。

強力な換気装置はみるみる煙《けむり》を吸い込んでいく。

「催涙《さいるい》ガスよ」

わたしが答えると、柚木はこっちを見下ろした。そして今の状況を初めて自覚したみたいに、ガスのせいで赤くなった目を見開く。

抱きしめられているせいで、ものすごく顔が近い。

やはり、なんだかドキドキしてしまう。柚木にときめくなんて、どれだけ自分の私生活には潤《うるお》いがないんだろう。

「な、なんだって⁉」

「正確に言えば、通常の催涙《さいるい》ガスを五倍に薄めて、そこに唐辛子成分を混ぜたものよ」

あなたのその目が赤いのも、喉が痛いのも、そのせいよ、と続けたら怒りそうだったので、そこは言わない。ちなみに、わたしもさくらもゴーグルとマスクをつけていたので無事だ。

柚木は顔を顰《しか》め、わたしの体から腕をそっと離した。

その瞬間、わたしは一瞬だけがっかりしてしまった。その落胆を悟られないように、さくらを振り返る。

「さくらちゃん、データは取れてる？」

「取れてますよ！　さっきのはカチョーが起動スイッチを押し間違えたみたいです。今押したら動きましたもん」

「あらやだ。わたしの押し間違え？」

今まで何度も実験をしてきて、そんな失敗したことないのに……

「ついでに、柚木さんのかっこいいシーンもばっちりです。もう映画みたい！　カチョー見て見て！」

弾《はず》むようなさくらの声に促《うなが》され、わたしは移動してモニターを覗《のぞ》き込む。

装置の起動とともに柚木がわたしの体を抱き込み、自分の背中で庇《かば》うところが映っていた。

「まあ……」

確かに、映画やドラマのようだ。

「くそっ、それを今すぐに消してくれ」

上から覗《のぞ》き込んでいた柚木が、苦い顔をして言った。

「残念ですけど、実験データだから消せませーん。保存保存♪」

「くそっ、げほっげほっ」

彼はまた咳《せき》込む。怒っていることがありありとわかる。

「効果はありそうだけど、こんなに広がったら、二次災害のほうが酷《ひど》いわね」

まだ咳《せき》をし続ける柚木を見つつ、わたしはさくらに言う。

「そうですね、ターゲットだけにまとわりつかせられれば良いんですけど」

「もっと重たい気体を混ぜればいいのかしら」

取り込んだデータを見ながら、うーんと首をかしげる。

すると、赤い目をこすりながら柚木が尋ねてきた。

「いったいなにを作ってるんだ？」

「個人用の防犯グッズよ。これは超小型の催涙《さいるい》ガス発射装置。ネックレスやボタンにつけて、いざという時に発射！　って感じね」

残りの試作品を見せると、彼は興味深そうな顔になる。

「昨日使っていた投網《とあみ》もそうか？」

「そうよ。あれもまだ試作品だけど」

「おまえは企業向け防犯システム開発のエキスパートだろ？」

あら、今褒められたんじゃない？

「そっちはこの前、大きなプロジェクトを終わらせたばかりなのよ。次のアイデアが思いつくまで、個人用の小さな実験を繰り返しているの。こういうのも好きなの、知ってるでしょ？」

わたしがそう言うと、途端に柚木が苦い顔になった。彼が過去に遭遇した事案を思い出しているのが容易にわかる。

「これからしばらく、こんなことにつきあわされるのか……耐えられるのだろうか」

独り言みたいに言った。

ほぼ毎回切れて怒鳴っているんだから、そもそも耐えてないじゃない、なんて、わたしはちらっと思う。けれど、それを口にしたらもっと怒られるので、黙っておくことにした。

「まだやるけど、ゴーグルとマスク、つける？」

「当然だ」

予備のゴーグルとマスクを渡すと、柚木はひったくるように受け取ってさっさと装着する。

その後、同じ実験を二十回ほど繰り返して、ガスの広がりと速さを計測した。

装置が作動するたびに柚木は身構えるけれど、そのあとは順調で催涙《さいるい》ガスを浴びせられることはない。

「やっぱり広がりすぎるのが気になるわ。気体の量と成分をもう少し調整しましょう」

「はい」

時計を見ると、そろそろお昼になろうとしていた。

「お腹空《す》いたわね。今日は出前取っちゃう？」

「いいですね！　せっかく柚木さんも来たんだから、歓迎会がてら美味《お》しいもの食べましょう」

さくらが楽しそうに頷《うなず》く。でも柚木に歓迎会というのは、微妙な気持ちだ。

「なにか食べたいものある？」

ゴーグルを外している柚木に聞くと、彼は軽く首を横に振った。

「いや、いらない」

「あら？　ご飯を食べたらだめなの？」

「午後は安藤と交代することになっている」

「ふーん」

安藤って、もう一人の女性のほうか。

後片づけをしてラボに三人で戻ると、その安藤さんが一人で待っていた。

「柚木さん！」

ホッとしたような顔で、彼女が近寄ってくる。わたしをちらっと見て軽く挨拶したあと、柚木に向き直った。

「どうしたんですか？ その目」

心配そうな顔で、彼の顔に手を伸ばす。

わたしもそっちを見た。

確かに目がまだ少し赤い。さっきの催涙《さいるい》ガスの影響だ。

柚木はその手をすっと避け、大丈夫だとばかりに首を横に振る。そして、その様子をじっと見ていたわたしと目が合うと、お前のせいだと言わんばかりに睨《にら》んできた。

もう、まだ怒っているのかしら、わざとじゃないのに？ 謝ったじゃない。

……いや、謝ってないかもしれない。うん、謝ってはないわね。

一人悩んでいると、さくらがそっと寄ってくる。

「カチョー。あの人誰ですか？」

「ん？ 安藤さん？ 柚木と同じ警護課の人よ。二人でわたしを護衛してくれるんだって」

「へー。随分わかりやすい……」

さくらは言葉を濁しながら二人を見た。

柚木と安藤さんが向かい合ってなにかを話している。柚木は至って普通に見えるけど、安藤さんが彼を見上げる目は、あきらかにキラキラしていた。

「なに言ってるの？　さ、出前頼みましょ。今日は奮発してうな重にしようかな。さくらちゃんもそうしなさいよ」

「カチョーのおごりですか？」

「もちろん」

「やった！　あ、安藤さんも食べます？　お昼ご飯」

さくらが安藤さんに尋ねると、彼女は首を横に振った。

「いえ、食事は済ませてきました」

「じゃあ、やっぱり柚木さんだけでもどうぞ。カチョーのおごりなんで」

さくらの言葉に柚木は困った顔になったが、わたしだって困る。

「え、柚木のも？　いらないって言ってるのに？」

「まあまあ、ここはカチョーの良いとこ見せないと」

さくらがウシシと笑う。

なにか間違っていないかと思いつつ返事に困っていると、安藤さんがきっぱり断ってきた。

「ボディガードは依頼人と食事をしません」

彼女のわたしを見る目は、やっぱり冷たい。ほぼ初対面のはずだし、嫌われることをした覚えはないのに。

「あら、依頼人は社長であって、カチョーではありませーん」

さくらが言い、安藤さんは今にもブチ切れそうになった。

「いや、本当に結構。こちらにも段取りがある」

柚木がそう言うことで、やっとさくらが引き下がった。

わたしはさっさと机の上にある電話の受話器を取って、うな重を二人前、頼んだ。

「どこに頼んだんだ？」

柚木が尋ねてくる。

「社員食堂よ」

「うちの社食がデリバリーをやってるなんて聞いたことないぞ」

ちょっと驚く彼に、わたしは笑う。

「ふふ、特別にやってもらってるのよ」

「弱みでも握ってるのか？」

「なに言ってるのよ。そんなことあるわけないでしょ。前にね、料理長のお嬢さんに特注の防犯ブザーを作ってあげたの。学校からもらったものが使いづらいって言ってたから」

「特注って？」

「ブザーを押すと親とうちの警護課に連絡が入り、周囲の防犯カメラがターゲットを捉《とら》える。映像で誤作動か実際の事件かがわかるから。あと、設定してある通学路を一定以上外れても連絡が入る。うちのＧＰＳは誤差が小さくて、かなり優秀なの。料理長はお嬢さんが心配で仕方がないのよ」

「普通に良いものじゃないか。もっと変な液体とかが出るのかと思った」

「どういう意味よ」

ギッと睨《にら》むと、柚木はふっと笑った。笑うと随分雰囲気が変わる。

不本意ながらもドキッとしてしまうのは、まあ、仕方のないことだろう。彼の顔面偏差値の高さは否定できない。

それはともかく、社食のデリバリーは早く、およそ十五分でうな重が届けられた。

作業机の上を適当に片づける。

「さ、カチョー食べましょう！」

さくらがいつものようにさっさと準備し、二人で並んでうな重を食べる。それを柚木と安藤さんに見られる——という奇妙なことになった。

……食べづらい。

いつもと違いすぎる状況を改めて実感する。みんな緊張しているのか、妙な空気があった。

「カチョー、午後はどうします?」

救世主さくらが、その雰囲気をやわらげる明るい声を上げた。

「そうね、催涙《さいるい》ガスの成分見直しはあとにして、先に昨日の投網《とあみ》型銃の調整をしたいわ」

「気になるとこ、ありました?」

「昨日はかなり至近距離で使ったけど、もう少し離れても使える仕様が良いかと思うの」

「確かにあまり近いと危ないですよねえ」

「糸に編み込んだ粘液も強力すぎるから、調整が必要みたい」

そこまで黙って聞いていた柚木が小さく唸《うな》った。

「それ、人体実験でやるのか?」

「まあ、それが理想ね。だって対人用の製品なんだから」

「いつもは二人だからほとんどマネキンでやってましたけど、幸い今日から人手があるから、やりやすいですね！」

さくらが楽しげに言うと、柚木がまた唸《うな》る。そして、隣に立っている安藤さんの肩をポンと叩いた。

「……頑張れよ、安藤」

「え？」

困惑気味な彼女を残し、柚木は一旦席を外した。

うまく逃げたなと思いつつ、食事を終えたわたしは午後の実験の準備を始める。安藤さんを連れて実験室に行くと、彼女は今朝の柚木と同じような反応を見せた。

違うのは、さくらが嬉々として安藤さんを実験台に選んだことだ。柚木のように直接の被害は受けなかったものの、散々怖い思いをさせてしまった。

だから、再びやってきた柚木に彼女が泣きついたのは、まあ当然のことだ。

「柚木さん！　聞いてください。この人たちおかしすぎます！」

柚木は半泣きの彼女の顔を見て、実験の後片づけをしていたわたしたちのほうにやってきた。

片づけ途中のアクリル板には、網の残骸《ざんがい》がへばりついている。さくらはこのアクリル板の後ろに安藤さんを立たせ、何度も投網《とあみ》銃を撃ったのだ。

ハッキリ言って、そこに人を立たせる必要はまったくなかったのに、さくらはあれこれ理由をつけて安藤さんにそれをさせた。

距離を変え、角度を変え、何度も実験を繰り返し、アクリル板にいくつもの残骸《ざんがい》を残す。多分暴力に慣れているであろう警護課の彼女ですら顔を引きつらせたのは、さくらの嬉々とした表情のせいだ。

わたしから見てもちょっと怖かった。

「芳野のマッドサイエンティスト」の称号は、近く彼女に譲ろうと固く決意した瞬間でもある。

「……まあ、怪我はないようで良かったな」

柚木はそう言って、安藤さんの肩をポンと叩く。

「まったく、網のかけら一つ当たってもないのに大袈裟《おおげさ》な」

さくらは不満げに口をとがらせた。

さくらちゃん、あなたって人は……

わたしがそう思ったのと同時に、安藤さんがとうとう切れた。

「あんたね！　いい加減にしなさいよ！」

「なにを？　カチョーに張りつく代わりに実験に協力してくれるって、社長から聞いてますー」

「協力って、こういうことじゃないでしょ！」

「そっちこそ、うちのカチョーを誰だと思ってるの？　こんな実験ばっかりしてるに決まってるでしょ！」

さくらちゃん、そのセリフあんまり嬉しくないわ。

バチバチと睨《にら》み合うさくらと安藤さんを、わたしと柚木は似たような呆れ顔で見る。

「なかなか面白い助手だな」

いつの間にかわたしの隣に来ていた彼が、小さな声で言った。

「いつもはもう少し静かなんだけど……さくらちゃん、楽しそうだわ。今までわたしと二人きりで、同年代の子たちと会う機会がなかったの……」

安藤さんのほうはともかく、さくらはそれほど安藤さんを嫌がっているようには見えない。

「なんとか折り合いをつけられそうだな」

柚木の言葉に素直に頷《うなず》くのは癪《しゃく》だったけど、確かにそうかもしれなかった。四人でワイワイと過ごして、それが意外と楽しかったことに気がつく。

「そうね。どうせなら楽しくやりましょ」

目の前で睨《にら》み合っている女子二人を見ながら、自分の発した言葉に自分で頷《うなず》いた。

「俺たちもな」

呟《つぶや》くように言った柚木の声に、わたしは驚いて振り返った。見上げると、珍しく楽しげな顔でわたしを見ている。

「まあ……そうね」

視線を戻しつつ、自分の心臓が妙に跳ねていることに落ち着かない気分になった。

やだ、もう。どうしたの、わたし？　柚木にドキドキしちゃうなんて。

その鼓動《こどう》を感じつつ、わたしはこの状況にひたすら戸惑《とまど》っていた。

3

いつも通りに出社して、地下にあるラボのドアを開けると、わたしのボディガードである二人とさくらがもう来ていた。

「おはよう、皆さん」

わたしは挨拶をしながら中に入る。白衣姿のさくらがにっこりと笑った。

「カチョー、おはようございます！」

そんな彼女とは対照的に、全身黒いスーツで固めた二人組は相変わらずの怖い表情だ。

なんだかまるでお芝居みたいだと思った。

「さあ、今日も張り切って実験しましょう」

わたしが持ってきた資料をドンと作業机に置くと、柚木と安藤さんがあからさまにため息をつく。

そんなコントのような一団を引き連れ、隣の実験室に向かった。中には今日のための機材がすでに揃っている。

「なにをするんだ？」

柚木が恐る恐るというふうに尋ねてきた。

「今日はまず、指輪型スタンガンの実用実験よ」

「ス、スタンガン……!?」

機材チェックをしながらのわたしの答えに、彼は驚きの声を上げる。

「じゃあ、柚木さん、まずはこれを脱いでください」

さくらが柚木のジャケットを脱がそうとした。

「お、おいっ」

「ちょっと！」

柚木と安藤さんの声が重なる。

「まあまあ」

さくらは気にせず、ぐいぐいと柚木のジャケットを脱がし、シャツの上から心電図検査の装置によく似た機器を装着、さらに脳波計をつけたヘルメットをかぶせた。

「なんだよ、これは⁉」

「スタンガン使用時の、心臓と脳への影響を調べるのよ。もし命に関わるようなら、大変でしょ」

そう言い、わたしも同じ機器を自分の体に取りつける。

「どうしてあなたも？」

安藤さんが言った。

「通常のスタンガンと違って、電極が自分に近いのよ。だから、こっちへの反動がどれくらいあるかも調べるの」

「いきなり人体実験は危険すぎるだろ」

柚木がまた声を上げる。

「あら。一応機械でのチェックはしてるし、マネキンでの実験は終わってるわ。でも、実際に使ってみないと、ちゃんとしたことがわからないでしょ？」

「しれっと正論吐くなよ」

「つべこべ言わないの。実験には協力する約束でしょ。さ、さっさと始めるわよ」

柚木を引っ張り、アクリル板の衝立《ついたて》の奥側に立つ。電極コードをさくらがパソコンにつないだ。

スーツにヘルメットという妙な出で立《いた》ちなのに、柚木がかっこ良く見えるのはなぜだろうか。

そんな彼を横目にわたしはケースの中から指輪型のスタンガンを取り出し、自分の左手の薬指に嵌《は》めた。

これは一見、少し大きな王冠の装飾がついたシルバーリングだ。王冠の先端から電気が流れるようになっている。スイッチは、指輪の内側についていて、それを指でそっと押すと、スタンガンに早変わりするのだ。

「準備は良い？」

まるで柚木に見せつけるみたいに、指輪を嵌《は》めた左手を上げる。彼が息を呑むのがわかった。

「あ、カチョー！　ちょっと待って。それ、高出力の危ないほうですよ！」

さくらの慌てた声にふと指輪を見ると、確かに面白半分で作った高出力のスタンガンだった。触れると確実に感電する。

「あら、やだ。間違えちゃったわ」

どうも昨日から、こんなミスが多い。わたしがごまかすように笑って通常のスタンガンにつけ替えるのを見て、柚木の顔がますます歪《ゆが》んだ。

「こっちはオッケーです！」

ゴーグルをつけたさくらが言う。

「い、いやだ」

そう言ったのは柚木だ。

「大丈夫よ。さっきのとは違って、出力はごく弱めだから」

そう言いながら彼にじりじりと近づく。柚木も同じようにじりじりと下がった。

「まったくもう。凄腕のボディガードじゃなかったの？　観念しなさい」

グッと近づいて柚木の手を取ると、自然と体が近づく。彼の目が少し開いて、驚いたような表情になる。

次の瞬間、さらに距離がなくなった。

自分で力を入れたのかもわからない。引き寄せたのか、引き寄せられたのか、微妙なところ。思わずドキッとしてしまったことをごまかそうと、指輪を彼の肩に押しつける。

「えい！」

わたしの体に衝撃が走った。

「きゃっ」

「うっっ」

二人でほぼ同時に叫び、わたしは反動で、後ろに倒れそうになる。柚木は顔を顰《しか》めつつも腕を伸ばして、わたしを自分のほうへ引き寄せた。そのまま、二人で床に倒れ込む。

倒れ込むといっても、わたしの体は柚木にしっかりと抱きしめられていて、痛みはなかった。

なんか、昨日もこんなことあったわね。

そんなことを思い出し、彼の広い胸に顔を埋《うず》める。

かつてこんなに頻繁に男性に抱きしめられたことがあっただろうか。恋人がいる時期がなかったわけじゃないけど、正直ものすごく短い期間だ。

……不本意ながら、またドキドキしている。

柚木の腕はわたしの体にしっかりと回っていて、守られているという安心感があった。

「大丈夫ですか⁉」

さくらと安藤さんが駆け寄ってくる。

柚木の片腕が離れ、そのまま一緒に体を起こした。わたしはさくらが差し出してきた手を取り、柚木に支えられたまま立ち上がる。そして、指輪の内側のスイッチを切った。

火照《ほて》った体が妙で、ぱっと柚木から離れる。

「だめだわ。こっちにも同じだけ衝撃が来ちゃう。相手に押しつけた時に自分の指に電極が埋もれるから、接触するみたいね」

さくらがモニターを見ながら答えた。

「データで見てもそうですね。カチョーにも同時に電流が流れてます。絶縁体をもっと分厚くしますか？」

「でもこれ以上厚くするとデザインが無骨《ぶこつ》になるわ」

パソコンのモニターを見つつ、わたしは腕を組む。

「いっそメリケンサック型にすればいいじゃないか」

顔を顰《しか》めながら柚木が言った。まだ多少、衝撃の影響が残っているのか、肩を手で押さえている。

そんなに痛かったのかしら？　低周波治療器程度の威力しか出ていないはずなのに……

「……それじゃあ可愛くないでしょ」

心配を振り払うようにわたしがきっぱり答えると、彼はさらに眉間に皺《しわ》を寄せた。

「なぜスタンガンに可愛らしさを求める？」

「だって女の子用だもの。女子は可愛くないと買わないわ。ね、安藤さんもそう思うでしょ？」

柚木の後ろに立っている彼女に声をかける。

「……そもそも、スタンガンを買おうと思いません」

「今どきの女子は護身グッズを持つべきですよ。なにがあるかわからないんだから」

安藤さんの言葉を受けて、さくらが答えた。途端に安藤さんは眉を上げ、さくらを睨《にら》む。当のさくらはまるで気にしておらず、鼻歌を歌いつつ電極のコードを延ばした。

「デザインをもう一度練り直しましょ。絶縁体の厚みを重視して」

「そうですね。では部品を発注しておきます」

「もう少しデータを取りたいから、場所を変えてやってみるわ。柚木」

振り返って彼を見ると、さらに苦い顔になっていた。

「まだやる気か？」

「まだって、さっきのは一回目よ。少なくとも百回はやらないと」

わたしの答えに、彼の顔が青ざめる。

「刺激が来るのはお互いさまよ。わたしだって同じくらい痛いんだから、分かち合いましょうよ」

「……どんな理屈だ」

柚木が眉間にぎゅっと皺《しわ》を寄せる。でも観念したのか、おとなしくまたわたしの前に立った。

結局その後、数十回の実験を繰り返してデータを取った。終わった頃には柚木はぐったりしていたけれど、低周波治療器に似た効果があったのか、わたしは元気だ。

「ねえ。これ、簡易マッサージ機としても行けるかも。出力の切り替えで、スタンガンにもマッサージ機にもなるって、面白くない？」

「危険すぎるからやめとけ」

　せっかくのアイデアは柚木に却下された。

　電極を取り外し、後片づけをする。朝からいつも以上に騒がしく仕事をしたせいか、やけにお腹が空《す》いていた。

　出前を取るか、外に食べに出るか、どっちにしようと考えていると、安藤さんが柚木に駆け寄るのが見える。

「柚木さん、大丈夫ですか？」

「大丈夫だ。問題ない」

　彼女は心配そうに、柚木のスーツについた埃《ほこり》を手で払う。実験室内を転げまわったせいで、彼の黒いスーツは埃《ほこり》まみれだ。

　安藤さんは百七十センチを超えるすらりとした長身だからか、柚木と並ぶと、お似合いのカップルに見える。服装もお揃いみたいだし。

　そう考えた時、なんだかモヤッとした。

　思わず自分の白衣をまじまじと見る。同じように床を転げまわったので、自分も埃《ほこり》まみれだ。そして、なんだか野暮《やぼ》ったい。

　なんの違い？　服装？　スタイル？　顔？　それとも背の高さかしら？

　わたしの身長は平均よりも低いから、柚木と並ぶとまるで大人と子どものように見える。

今まで、自分を誰かと比べたことなんてなかったのに、急にそんなことを考えてしまう自分が信じられない。

その時、さくらがつかつかと二人に歩み寄っていった。そして、安藤さんの腕をぐっと掴む。

「カチョー。わたし、安藤さんと親睦を深めますので、カチョーも柚木さんとどうぞ」

「ちょ、ちょっと、親睦ってなによ⁉　わたしの仕事はっ」

「まあまあ」

怒っているのか困惑しているのか、喚《わめ》く安藤さんをさくらが力ずくで引っ張り、ドアの向こうへ消える。安藤さんの怒鳴り声がかすかに聞こえた。

この場に残された柚木とわたしは、呆気に取られ、閉まったドアを見つめる。

さくらちゃんてば、なんて力持ちなの。あれで親睦が深まるのか、甚《はなは》だ疑問だわ。

「……で、どうする？」

先に我に返った柚木が言った。

「とりあえず外に出るわ。お腹空《す》いたから」

汚れた白衣を脱ぎ、財布とスマホだけを持って、わたしは柚木と一緒に会社の外に出る。

春らしい陽気で気持ちが良い。

「コンビニで買って、公園で食べることにした。今日は良いお天気だし」

「わかった」

会社の目の前にあるコンビニに入り、カゴを持つ。

「さて。なに食べよう」

食品の陳列棚をざっと見渡し、食べたいものをカゴに入れていった。

チョコレートバーとフルーツグミ、おせんべいとメロンパン。最後にペットボトルの紅茶と缶コーヒーを入れたところで、柚木にカゴを掴まれる。

「おい、ちょっと待て。なんだこれは？」

「なんだって、お昼ご飯よ」

「これが昼飯だと？　もっとちゃんと食えよ。野菜をとれ。せめて野菜ジュースを飲め」

「野菜は苦手なのよ。良いじゃない。もう大人なんだから、自分の好きなものだけ食べても」

わたしがそう答えると、柚木が苦い顔になった。呆れ顔ともいえる。

とりあえず、彼を置いて会計を済ませ、歩いて近くの公園に向かった。

ビル群の谷間にあるその公園は意外と広く、犬の散歩で訪れる人や子ども連れが多い。

昼時になると屋台や移動販売車が来ることもあって、ここで昼食をとるサラリーマンも大勢いる。

わたしが木陰《こかげ》のベンチに座ると、柚木が目の前に立った。あたりを鋭い視線で見回している。

「ねえ、そこに立たれると邪魔なんだけど……」

「これが仕事だ」

ぶっきらぼうな声でそう言う。

なんてやつだ。ここに座って目の前の青々とした芝生を見ながら食べるのが良いのに。

「こんな白昼堂々襲ってくる人なんていないでしょ。人も多いし。柚木も座りなよ」

そう声をかけると、彼は渋々という体《てい》でベンチに座る。わざとらしいため息が聞こえたけど、それは無視だ。

コンビニの袋からメロンパンを取り出し、かぶりついた。

「んまい」

ところが、美味《おい》しくいただいているわたしの左手首を、柚木がいきなり掴む。

「おい、ちょっと待て」

「えっ、なによ。びっくりするじゃない」

「お前、指輪をつけっぱなしじゃないか！」

あ、意外と指に馴染《なじ》んでいて、すっかり忘れていた。

「あー、スイッチ切ってるから大丈夫よ」

よくあることなので、大丈夫と手をひらひら振る。柚木がゾッとしたような顔をした。

もう。本当に大丈夫なんだから。

気を取り直してメロンパンにかぶりつき、半分ほど食べたところでコンビニの袋から缶コーヒーを出す。それを柚木に差し出した。

「はい、わたしのおごり。これくらいなら良いでしょ？」

彼は一瞬驚いた顔をしたあと、それをジッと見てから手に取る。

「どうも」

聞こえるか聞こえないかくらいの声でそう言い、プルトップを開けて一口飲んだ。

よし、これで心置きなくお昼ご飯が食べられるわ。さっきから、自分だけが食べて彼に仕事をさせていることが、気になっていたのだ。

うんうんと頷《うなず》き、公園の景色を見ながら残りのメロンパンを食べた。紅茶を飲んでチョコレートバーをかじる。

隣の柚木が顔を顰《しか》めているのが見えるけど、引き続き無視だ。

ただ、だんだん口の中が甘くなってきた。

やっぱり缶コーヒーをあげなければ良かったな。

公園の中を見回すと、離れたところにある自動販売機が目に入る。

あそこが一番近いか。でも面倒だなあ。

チョコレートバーをかじりつつ、柚木をちらっと見た。

彼の手には飲みかけの缶コーヒー。多分まだ残っているはずだ。

「ねえ」

声をかけると、こっちを向いた。

「わたしもコーヒー飲みたくなってきちゃった。ちょっとちょうだい」

「は？　いやだ」

彼はギョッとしたような顔になり、すぐさま言う。

「えー、ちょっとだけで良いの。一口だけ」

そう頼むと、さらに苦い顔になった。

もうちょっとかな？

わたしがジッと見ていると、彼は「はあー」と大きなため息をつく。

「買ってきてやるから待ってろ」

そう言って立ち上がり、自動販売機へ向かった。

「やった！」

声が届かないくらい彼が離れたのを見計らって、ぐっとこぶしを握る。

自動販売機は見た目以上に離れていたらしく、柚木はまだそこに到着していない。その後ろ姿を眺《なが》めつつ、残りのチョコレートバーをかじっていると、近くに人の気配を感じた。

いつの間にか、すぐそばに男が立っている。お昼休みのサラリーマンにしては、随分くたびれた格好をしていて、帽子を深くかぶっている。

「こんにちは」

その男が言った。年の頃は五十歳以上と見た。

「はい、こんにちは」

そう答えると、男がふむと頷《うなず》く。

「桃井志乃さんだね？」

驚いた。わたしの名前を知っているなんて。

「そうですけど、どちらさま？」

「いやあ、名乗るほどの者でもないんですけどね。実はあなたと一緒に仕事をしたいって企業がありまして。まあ、僕は仲介役ってとこですか」

これが、社長の言っていた例のヘッドハンティング？

「わたし、今のところ転職する気はありませんけど」

慎重に答えると、男が笑った。

「先方はかなり良い条件を提示されてましてね」

そう言い、ジャケットの裏から少しよれた封筒を取り出して差し出す。

受け取ったらだめだ、と直感が告げた。

「いえ。どんな条件をつけられても、その気はありません」

きっぱりと断ると、男が片眉を上げた。不敵な笑みを浮かべている。

「では、別の方法を取らざるを得ませんな」

「別の方法？　例えば暴力とか拉致《らち》とか？」

わたしの言葉に、男がギョッとしたような顔になった。

「まさか！　そんな恐ろしい」

ぶるぶるとわざとらしく震える。

「そういう方法もなくはないですが、もっと別の効果的なやり方を知ってるんですよ」

男がゆっくりと近づいてきた。わたしは思わず立ち上がる。

そっと指輪に手を添え、スタンガンのスイッチを入れた。

しかし男がさらに近づいてきた時、こちらに向かって走ってくる柚木の姿が視界に入る。男もそれに気づいたようだ。

「おや、もう監視役が戻ってきましたね」

彼の視線がそれた瞬間、わたしは腕を伸ばして指輪の先を男に押し当てた。

「えいっ！」

「うわっ」

「きゃあ」

指輪は男の腕に当たった。衝撃で男が腕を振り回し、ベンチの上に置いてあったコンビニ袋が地面に落ちる。その上に男の足が乗り、嫌な音が響いた。

実験で何十回と受けてきた電流だけど、わたしも後ろ向きに倒れそうになる。

あ、やばい。頭を打つかも。

そう思ったところで、柚木に抱きかかえられた。

「桃井、大丈夫か！」

「全然、平気」

後ろから聞こえる彼の声は乱れている。長い腕がわたしの体に回り、がっちりと抱きしめていた。こんな時なのに、違う意味で心臓が躍《おど》る。

わたしは彼にかかえられたまま、指輪のスイッチを切った。

「随分手荒いですね。なんにもしてないのに」

痛《い》てててと手と腕をさすりながら、男が言う。

「わたしは防犯のプロなんです。事故を未然に防ぐことは基本です」

セリフはかっこ良かったけど、如何《いかん》せん柚木に抱きかかえられている状態なので微妙だ。それが面白かったのか、男がケラケラと笑う。

「なかなか手ごたえのある人だ。また来ますよ」

そう言うと、さっさとその場を離れた。

一瞬、柚木の体が男を追いかけようと動く。けれど、まだわたしをかかえていたため諦めたらしい。

男が見えなくなったところで、ようやく彼の腕の力が弱まる。ゆっくりと体を起こし、わたしを支えて立ち上がらせた。

「なにを考えてるんだ！　なぜすぐに逃げない⁉　たまにはじっとしていられないのか！」

そしていきなり怒る。逃げるとじっとは反対じゃないのと思ったわたしは、口ごたえしてみた。

「実地でのグッズの検証なんて、なかなかできないもの。チャンスは逃さない主義なの。だってプロだもん」

「防犯のプロならまず逃げろ！　あの状態なら、それが最適だ‼」

「そんなケンケン怒んないでよ。わたしもそれなりにパニックだったんだから」

「パニックはこっちだ。……離れた俺も悪かったが――」

そう言って、彼は顔を顰《しか》めた。

けれど、遠くにある自動販売機に向かわせたのはわたし自身なので、彼を責める気はまったくない。むしろ怒られるのはわたしだと、納得はしている。

「柚木は悪くないよ。……ごめんなさい。今度からはちゃんと逃げるわ」

しおらしく答えると、柚木は渋々頷《うなず》いた。

「会社に戻るぞ。社長にも報告しないと」

「そうね。わたしからも説明するわ」

さすがに柚木が責められるのは可哀想だ。わたしにだってそれくらいの良心はある。

わたしは地面に落ちたコンビニ袋を拾った。中身は見なくてもわかるほどぺったんこだ。仕方なくゴミ箱に捨てる。

まだ心なしか怒っている柚木とそのまま会社に戻り、まっすぐ社長室に向かった。

昼時だというのに、社長は側近らと一緒に部屋にいた。わたしたちを見て少し表情を引きしめ、男の話を聞いて眉を顰《ひそ》めた。

「その男の特徴は？」

「五十代のサラリーマン風です。グレーのジャケットは、よく見かける既製品。髪は少し長めでしたが、顔にはなんの特徴もありません」

すらすらと柚木が答える。

へえー、グレーのジャケットなんて着てたかしら？　全然記憶にないわ。でも確かに、特徴的な顔ではなかった。次に街中ですれ違っても絶対に気づかない。

「顔は覚えたか?」

社長の鋭い言葉に柚木が頷き、わたしを驚かせる。しばらくして、社長がわたしに向き直った。

「さて、なにか言われたか？」

わたしは覚えている限りを答え、社長と柚木は揃って顔を強張《こわば》らせた。

「動き出した、ということだな」

社長が静かに言う。

警護の途中で柚木がわたしのそばを離れたことは、案の定、全員から咎《とが》められたので、わたしが頼んだことを強調しておいた。おかげで、それに関してはわたしがたっぷり怒られる。

しばらくして、ライバル会社の社員について調べたデータベースでその男を探すよう社長に命じられた柚木を残し、わたしは退出した。

一人でラボに戻ると、さくらが一人で待っていて、わたしを見るなり目をまんまるく開く。

「あれ？　一人ですか？　柚木さんは？　ラブラブな雰囲気がまったくないじゃないですか！」

「なに言ってるの？　それどころじゃなかったわよ」

わたしは公園でのいきさつを説明する。さくらは大仰に残念がった。

「なんでそんな展開になるかな。せっかく二人っきりにしてあげたのにー」

なんかおかしいとは感じていたけど、そういうことか。

さくらの行動にわたしはようやく納得がいった。

「二人きりにされても、どうにもならないわよ」

そう答えつつ、まあまあ楽しかったことは確かだなと思う。

「そんなことはないですよー。柚木さんは絶対に喜んだはずです」

さくらは自信満々だ。

「なによ、それ」

「だって、柚木さんてばカチョーから絶対に目を離さないですもん。いつでも手の届く距離にいるんですよ」

「それが仕事だからじゃないの？」

「それとはちょっと違うと思うんですよねえ……。いやあもう、なんかわたしのテンションを上げまくってくれますわ！」

……あなたのテンションの上がり方が意味不明よ。

一人でニヤニヤしているさくらから、わたしは少し距離を取る。

結局、柚木も安藤さんも戻らないままだったので、二人で午後の実験に戻った。

実験室で作業を済ませてラボに戻ると、わたしの作業机にコンビニの袋が置かれている。

「あれ？」

「どうしました？」

近寄ってきたさくらと一緒に袋の中を見た。そこには、さっき公園であの男に踏まれて泣く泣く捨てたお菓子と同じものが入っている。

「あ、これカチョーの好きなやつですね」

「……そうね」

きっと柚木だ。わざわざ買い直してくれたんだろうか。こんな優しいところもあるんだ。

意外に思いつつも、わたしは、さっきのことで沈んでいた心の中がじんわりと温かくなってくるのを感じていた。

4

翌日、スマホのアラーム音で目覚めたわたしは、一旦止めてまた布団に潜《もぐ》った。五分置きに鳴らし、三十分かけて目を覚ますのが通常だ。

最後のアラームを止めて、ゆっくり起き上がる。

「あいたたた……」

また寝違えたのか、首が痛い。しょっちゅう寝違えるのだ。

目をつむったまま首をゆっくり回し、痛みをやわらげた。

「枕が悪いのかしら？」

そう言いながらベッドを下りる。寝室のカーテンを開けると、外は見事な青空だ。

「あらまあ、今日も良い天気」

青空を堪能《たんのう》したあと、隣に続くリビングに移動した。

一人暮らしのわたしのお城は、広めの１ＬＤＫ。

会社まで約三十分の駅近タワーマンションの高層階で、家賃はそれなりだ。

リビングに面したカウンターキッチンにある冷蔵庫を開けて、買い置きしてあるプリンを取り出す。

これがわたしの朝ご飯だ。柚木が知ったらきっと目を回すだろう。

プリンを持ったままベランダに移動して窓を開けた。

高層階から見える景色は、最初こそ物珍しかったけれど、今ではすっかり見慣れてしまっている。それでも、そこから見える空は広くて美しい。吹いてきた風を少し暑く感じた。

「そろそろ初夏ね」

そう呟《つぶや》きつつ、プリンを一口食べる。そのままくるりと振り返って部屋の中を見回し、顔を顰《しか》めた。

「なんか、汚い……」

リビングのソファには、脱いだままの洋服が乱雑に置かれている。床には科学雑誌が散らばっていた。

家で自炊をすることが多く、生ごみこそ気をつけているものの、片づいているとは言いがたい。

ここしばらく忙しくて……なんて理由ではない。

忙しくても暇でも、わたしの部屋はいつでもこんなもんだ。

最近お給料が上がり、以前よりも広めの部屋に引っ越したおかげで不用なものを積んであるようには見えないだけで、実質は変わらない。

「……そろそろ片づけようかな」

そう計画しながらプリンを食べたあと、熱い紅茶を飲んで出勤の支度を始めた。

適当な服を着て、申し訳程度のお化粧をする。どうせ実験で汚れる可能性があるので、ばっちりメイクなんてほとんどしない。してもしなくても、代わり映えしない顔なのだ。

自分自身の女子力が低いことはわかっている。

それでも、安藤さんのことを思い出すと、もう少しなんとかしたほうが良いのだろうかと思ってしまった。

だが、背も高くなれないし、顔を変えるつもりもない。

なにかできるとしたら、服装と化粧くらいだが、あいにく、道具もテクニックも持っていなかった。

「ちょっと調べてみるかなあ。買ったところで損はないもの」

そう呟《つぶや》き、玄関を出る。エレベーターで一階まで下りると、エントランスに二十四時間常駐している女性のコンシェルジュが笑顔を見せた。

「桃井様、おはようございます。いってらっしゃいませ」

「おはようございます。いってきます」

実は、このマンションのセキュリティはかなりしっかりしている。それもそのはず、ここは我が社の管理するビルだからだ。

そして最近、ここのコンシェルジュの顔ぶれが代わった。密《ひそ》かに防犯カメラや常駐のガードマンが増えたことにも気づいている。

多分、社長の采配だろう。おかげで、自宅までは柚木たちもついて来ない。

彼らがそばにいることに、徐々に慣れてきたけれど、先の見えないこの状況は結構厳しかった。

そんなことを考えて駅まで歩いていた時、前から猛スピードで自転車が走ってくるのが見えた。思わず避けようとして、ビルの壁にぶつかりそうになる。

「きゃっ!?」

「おっと」

そんな声と同時に、壁ではない柔らかななにかに体が当たった。

「危ないなあ。大丈夫ですか？」

見ると、誰かの手がわたしの肩の上にあって、壁との衝撃を妨いでくれている。その声に振り返ったわたしは、無意識に息を呑んだ。

そこにいたのは、見事なまでに美形の男性だ。世間知らずのわたしでもかっこいいと感じる。

彼は、いろんな意味で柚木とは真逆の容姿で、明るい色をした長めの髪と華やかな顔立ちをしていた。そして、漂《ただよ》ってくる花のような香り。

なるほど、今どきのイケメンは香水をつけているらしい。

わたしは体勢を立て直し、改めてその男性を見上げた。

「どうもありがとうございました」

「いいえ、どういたしまして。ぶつかったら大怪我するところでしたよ。ほんと、危ない運転をする人もいるんですね」

その男性が笑った。なんだか花が咲いたような笑顔だ。

彼が自分の髪をかき上げたその時、手の甲に擦り傷が見えた。血も滲《にじ》んでいる。

「あ、あの、それ」

つい指をさす。

「え? ああ、これか。大したことないですよ。ほんの掠《かす》り傷」

「ごめんなさい。わたしのせいですよね」

慌てて鞄を探《さぐ》り、自分のハンカチを取り出した。

「とりあえずこれで」

そう言って、ハンカチを傷口に当てる。

「ああ、汚れるのに」

「良いんです。ほんとごめんなさい」

ぎゅっと押し当てると、その人が少しだけ眉を顰《ひそ》めた。痛みがあるんだろうか。

「大丈夫ですか?」

「全然大丈夫ですよ」

彼がまた笑う。本当に大丈夫そうな様子に心からホッとした。

「ハンカチ、洗ってお返しします」

「え？　いえ、結構です。そのまま捨てていただいて構いませんから」

「まさか。ちゃんとお返しします。差し支《さつか》えなければ、お名前を教えていただけませんか？」

「え……、名前？」

一瞬なにを聞かれたのかわからなくて、わたしはぽかんとその人の顔を見上げた。

「僕は、橘光《たちばなひかる》です」

彼は胸ポケットから名刺を取り出し、わたしに差し出す。どうやら大手メーカーの営業部にお勤めのようだ。

「怪しい者じゃないですよ？」

そしてまた花のように笑う。

「あ、あのわたしは……」

急いで再び鞄を探《さぐ》り、普段はほとんど使わない名刺をなんとか渡した。

「桃井志乃さん？　警備会社にお勤めなんですね」

「はい。商品開発部ですが」

「では、きっと連絡します」

彼——橘さんはそう言うと、駅とは逆の方向に歩き出した。

その後ろ姿を見つめながら、自分の一連の行動を思い返す。

……まったく見ず知らずの人と名刺交換してしまった。果たして良かったのだろうか。いや、自分を助けてくれた人なんだから、まあ問題ないはずだ。

改めて駅に向かって歩きつつ、わたしは橘さんの顔を思い出していた。

それにしてもすごい美形だったなあ。さくらちゃんに話したら喜ぶかも。写真撮らせてもらえば良かった。

そして、電車に乗り、会社の最寄り駅で降りる。歩道を歩いていると、会社の入り口近くに柚木が立っているのが見えた。

いつもと同じ黒いスーツを着てピシッと背筋を伸ばし、まっすぐにわたしを見ている。いつから見ていたんだろう。そう思い、改めて彼の姿を見つめた。

ボディガードらしい、背の高い筋肉質な体。真っ黒な髪は短めで、いつも通りの顰《しか》め面《つら》は、よく見なくても整っている。

女子社員の間にファンが大勢いることも、さくらから聞いていた。

この男のどこにそれほどの魅力があるのか疑問だったけど、すぐ近くで過ごしていると、悔しいものの頷《うなず》けるものがある。

「遅いじゃないか」

声が聞こえる程度の距離までわたしが近づくなり、柚木が言った。

愛想のかけらもない。

「電車を一本乗り遅れたの。それよりも朝の挨拶を先にしてよ」

「……おはよう」

「はい、おはようございます！」

渋々といった体《てい》の彼に、あえて大きな声で言ってやった。

電車に乗り遅れた理由は黙っていた。知られたら、また怒られそうだと思ったのだ。

それ以上の他意はない。

柚木の一歩前を歩き、わたしは会社の中に入った。ラボに向かう間、彼はわたしの後ろをぴったりとついてくる。

自分のラボに入ると、すでにさくらが準備を始めていた。安藤さんも一緒だ。

さくらが言うには、柚木と安藤さんの二人は毎朝、盗聴器が仕掛けられていないか、などこの部屋の中を一通りチェックしているそうだ。

大袈裟《おおげさ》なとは思うけど、この前、公園で怪しげな人物に接触された身としては、口に出せない。

「おはよう、皆さん」

「おはようございます！　カチョー」

「さあ。今日も張り切って実験しましょう」

元気良く告げると、視界の端《はし》で柚木と安藤さんがげんなりした表情を浮かべていた。

二人とも、実験に駆り出されるのが嫌なのだ。それを隠そうともしない。

それでも柚木は、渋々つきあってくれた。そのあたりは褒めてあげてもいいと思っている。

そんなこんなで、通常通りの午前中を過ごし、お昼の時間になった。

「カチョー、お昼どうします？」

「報告書を先に書いてしまいたいから、あとでなにか買ってきてここで食べるわ」

「出前取ります？」

「んー。今日はコンビニ気分」

「了解。ではわたしは安藤さんと出てきますね！」

「えっ、ちょっと勝手なこと言わないでよ」

「良いじゃない。わたしはカチョーのただ一人の部下だよ。このわたしだって狙われるかもしれないでしょ？」

さくらがそう言うと、安藤さんは押し黙り、困ったような視線を柚木に向ける。

「まあ、それも一理あるかもしれない。安藤は彼女につけ。なにかあったら報告しろ」

「……はい」

安藤さんがあきらかに嫌々頷《うなず》いた。さくらは満足そうな顔で、部屋を出る時にわたしに向けてVサインを送ってくる。

「買い物行かないのか？」

しばらくして、残された柚木が言った。

「もうちょっとだから、これを書き上げてから行くわ」

パソコンのモニターを見つつ、わたしは答える。

「俺が買ってきてやるから待ってろ」

「え？　良いの？」

「そのほうが効率いいだろ。その代わり、誰が来てもすぐにはドアを開けるなよ。必ず確認しろ」

「……あんたはお母さん羊か」

「は？」

「知らない？　童話。狼に襲われないようにお母さん羊が言うのよ。ん？　山羊《やぎ》だったかしら？」

「なんでもいい。とにかく行ってくる」

呆れ顔になった彼は、さっさと部屋を出ていった。

「ちょっとお。なにが食べたいとか聞かないわけ？」

閉じたドアに向かって言うが、当然彼には聞こえないだろう。

「もうっ、嫌いなものばっかりだったら、買い直しさせるからね！」

なぜかムカムカしたわたしは、キーボードを叩き、報告書に数値を入力した。

柚木が戻ってきたのは、それから約十五分後だ。

「誰も来なかったか？」

コンビニの袋を片手に言う。

「来ないわよ、もともと誰も」

最後の数値を打ち込み、わたしはデータを保存する。椅子をくるんと回して、彼が差し出してきた袋を受け取った。

「ありがとう」

「ちょっと警護課に行ってくる。すぐ戻る。ちゃんと食えよ」

そう言うなり部屋を出て行った彼の背中を見送り、わたしは袋の中を覗《のぞ》き込む。

「むむっ」

中のものを一つずつ取り出して作業台の上に並べた。

「おにぎりか。鮭《さけ》、梅干し、うえー、サラダ！　あとはカップのお味噌汁とお茶。それから――」

袋の底のほうに、チョコレートとグミが入っていた。わたしがいつも買っているやつだ。

「なんだ……」

その先の言葉は出てこない。

この思いをあえて言葉にするなら、――感動、かもしれない。

柚木は時々、良い意味でわたしを裏切る。

お味噌汁を作るためのお湯を沸かす用意をしながら笑顔になっていく自分に、わたしは驚いていた。

5

なんの変化もなく一週間が過ぎた。ただ季節だけが確実に進み、今朝は汗ばむような陽気だ。

マンションの部屋を出たわたしは、エレベーターで階下まで行きエントランスに向かう。そこにいるはずのない柚木が立っていて、不覚にもドキッとした。

いつもみたいな、いかにもボディガードですという黒のスーツではなく、比較的普通の格好だったので余計に戸惑《とまど》ったのだ。

「あれ？　なんでいるの？」

わたしが言うと、柚木は目を細める。

「まず挨拶しろよ」

どこかで聞いたことのある言葉に、わたしは眉を上げた。

「……おはよう」

「はい、おはよう。警備計画に変更があった。これまで、帰宅時は本人に気づかれないように自宅まで警護をしていたが、今日からは行きも帰りも同行する」

「……え？　今まで密《ひそ》かについてきてたの？」

「夜だけな。当然だろう。夜道は危ない」

彼はさらりと言うけど、つけられていたとは思ってもいなかった。まあ、毎日どこにも寄らずに家に帰っていたので、やましいことなどなにもないけれど……

それにしても、朝から晩までこの男とずっと一緒か――

そう考えると、なんとも言えない気持ちになる。

「――もしかして、車で送迎してくれるの？」

「まさか。できるだけ普段通りに、ということだ」

一瞬楽ができると思ったのに、糠喜《ぬかよろこ》びだった。

「ほら、行くぞ」

「……はーい」

先に歩き出す柚木の後ろをついて、わたしは歩く。すっかり顔馴染《かおなじ》みになったコンシェルジュが笑顔を見せた。

「おはようございます。いってらっしゃいませ」

「行ってきます」

まるで柚木など見えないかのように、わたしにだけ向けられる言葉。わたしの状況を正確に把握しているのだ。まあ当然か。彼女らもうちの会社の人間だ。

「暑いな」

マンションの外に出た途端、初夏の日差しが降り注ぐ。柚木が顔を顰《しか》めて言った。

「ここまでどうやって来たの？」

駅までの道を歩きながら、わたしは彼に尋ねる。

「安藤に車で送ってもらった」

「……なんでその車を返すのよ」

「なるべく普段通りって言ったろ」

こう暑いと、車で通勤したほうが楽なのに。

思いっきりムッとした顔をしてしまった。それを見て彼が苦笑する。

「普段電車通勤のやつが、急に車で送迎され始めたら、向こうも驚くだろ」

「なるほど……って、わからなくもないけど、悪者に気を使う必要なくない？　柚木だって車のほうがいいでしょ」

「まあ、いろいろあるんだよ、こっちも」

柚木はそう答えた。

いつもの道を彼と並んで歩いていることに、不思議な気持ちになる。

わたしはちらりと隣を見上げた。

少しラフな服装のせいか、ボディガードの雰囲気はほとんど感じない。

まるでカップルが仲良く一緒に出社しているように見えるかもしれない。まあ、ほとんど会話がないから倦怠期《けんたいき》みたいだけど。

背の高い彼の隣に立つと、わたしはますます子どものようだ。脚の長さが違うので、歩くスピードを合わせるのに、彼は苦労してそうだ。

やっぱり安藤さんみたいに背の高い女性が良いんだろうか。

「ねえ。柚木の彼女って背が高い？」

「……は？　いきなりなにを言ってる？　今、つきあっている相手なんていない」

突然のわたしの質問に、柚木は呆れた顔をした。

いや、自分もびっくりしている。心の声が出てしまうなんて、大丈夫か、わたし。

「あはっ。いや、柚木の脚が長いから、歩く速度を合わせるのが大変なのよ」

焦って言ったけど、意味不明だ。さっきから、彼のほうがわたしのスピードに合わせている。

「……お前が合わせる必要はない。それはこっちの役目だ。歩きにくいなら、こうしよう」

そう言って、柚木がわたしの手を握った。

「えっ」

「これなら歩きやすいだろ」

低い声に楽しさを滲《にじ》ませて、彼はわたしの手を引く。

確かに、楽は楽だけど……

手をつないで歩くわたしたちは、傍《はた》からどう見えるんだろう。さっきよりも、少しはましに見えているんだろうか。それに、柚木は今、恋人がいないって……

いや、ちょっと待って。どうしてそんなことが気になっているのよ。

おかしい。柚木と一緒にいるようになってから、絶対におかしい。

改めてそう感じるのと同時に、柚木の手の感触がありありと伝わってきた。わたしの倍くらいある大きな手は、温かくて力強い。

こんなふうに男の人と手をつないだのが久しぶりだから、ドキドキするの？　それとも相手が柚木だから？

混乱したまま駅に着く。そこで柚木の手がすっと離れた。

途端に寂しくなったことは、自分の中だけにしまう。

改札を抜けると、柚木もそれに続いた。

到着した電車はそこそこ混み合っていて乗るのに躊躇《ちゅうちょ》してしまうけど、心を決めてえいっと乗り込む。

電車が都心へ進むにつれ人が増えていく。

いつもと違い、わたしの真後ろに柚木がいるので、今日は人に挟まれてぺっちゃんこになることはないだろう。

そう思っていたのに、後ろから柚木にぐいぐい押された。

「ちょ、ちょっと。そんなに押さないでよっ。イテテ」

酷《ひど》いおしくらまんじゅう状態の中、後ろにいたはずの彼がいつの間にか前にいた。わたしを腕の中に囲い込んでくる。

あら？　あららららら？

「なんで⁉」

「うるさい。静かにしろ」

頭の上で囁《ささや》くように彼が言う。

なぜかわたしは、柚木に抱きしめられるような体勢になっていた。視界には彼のネクタイしか入らない。

手をつないだ時よりもさらにドキドキが強くなる。

鍛えているだけあって、柚木の体はがっちりとしていて安定感があった。いくら電車が揺れて人が押し寄せてこようが、びくともしない。

わたしはこの腕の中がとても居心地のいいことに気づいてしまう。

これまでも、実験中に彼に抱きしめられたことはあったけど、それとはなにかが違う気がした。

柚木の胸に顔をぎゅっと押しつけているからか、周囲の音はあまり聞こえない。その代わり、規則正しい鼓動《こどう》が脳に直接、響いた。

それがわたしのものなのか柚木のものなのか、判断はつかない。

ただ、わたしの心臓は近頃お馴染《なじ》みの速い鼓動《こどう》を刻んでいる。

どうしていつもこんなふうになるんだろう。止めようと思っても、理性でなんとかなるものではない。

つらいはずの満員電車なのにほとんど苦痛を感じず、ただひたすら無言で抱き合う。

そんなふうに数分を過ごしたわたしたちは、電車を降りた時には、なんとも言えない微妙な雰囲気になっていた。

「ありがとうと言うべきかしら。いつもよりは楽だったと思うわ」

二人の間に漂《ただよ》う変な空気が耐えられず、わたしは早口でそう言った。

「……そうか。なら、良かった」

そっけなく柚木が返す。

彼にとっては大したことではなかったのだろうと、ほんのちょっとがっかりした。

まあ、わたしと違って柚木はモテる。恋愛経験がかなりあるはずだ。満員電車でほんの少し抱き合うくらい、日常茶飯事《にちじょうさはんじ》なのかもしれない。

なんとなく気まずいまま改札を出て、二人で会社までの道を歩いた。柚木はわたしの半歩後ろをぴったりとついてくる。

さっきみたいに、もう手はつながないのかしら？

そう考えたところで、自分が恥ずかしくなった。

おそらく、顔が赤くなっている。柚木に顔が見えない状態なのが今はありがたい。

自分の状態を管理できないことに困惑しつつ会社に向かっていた時、やけに明るい声に呼び止められた。

「桃井さん！」

声は真横から聞こえる。わたしが振り向くより先に柚木が動き、わたしには彼の背中しか見えなくなった。

「誰だ？」

柚木が低い声を出す。その背中から緊張感が伝わってきた。

「えーっと……」

相手は困惑気味な声になる。柚木の背中越しに顔を出すと、かなりのイケメンが困った様子で立っていた。

その顔には見覚えがある。

「あ！」

思わず声を上げたわたしを、柚木とその彼が一斉に見た。そして、そのイケメンの彼は、ホッとしたように表情をやわらげる。

「桃井さん、会えて良かった」

「えっと……橘さん、でしたよね？」

「覚えていてくれて嬉しいよ。えーっと、この人は彼氏？」

橘さんが柚木にちらりと視線をやった。柚木は黙って橘さんを冷たーい目で見ている。

「いえ、そういうのではなくて――」

ボディガードだとも言えず困っているのに、柚木はなにも言わない。

まったくもう。ちょっとはフォローしてくれてもいいのに。

「――それよりどうしたんですか？　こんなところで」

ごまかすようにそう言うと、橘さんが答えた。

「ちょうどこの近くまで来たから、もしかしたら会えるんじゃないかと思って。とりあえずこれを。どうもありがとう」

そう言いながら、持っていた小さな紙袋を差し出してくる。受け取って中を見ると、洗ってアイロンがけされたわたしのハンカチと、可愛らしくラッピングされたお菓子が入っていた。

「まあ、わざわざすみません。こちらこそ、ありがとうございました」

「いや、こちらこそ、大したことなかったのにごめんね」

「手はもう大丈夫ですか？」

「ん。もう平気」

そう言って、橘さんは怪我をした手の甲を見せてくれた。そこには傷一つ残っていない。

「良かった」

「そんなに心配してくれてたなんて嬉しいな。……っと、ごめん、ちょっと待っててもらえる？」

橘さんはスーツのポケットからスマートフォンを取り出すと、少し離れた場所で話し出す。仕事の電話だろう。

その時、背後からただならぬ気配を感じた。

あ。忘れていた。

ゆっくりと振り返ると、案の定、柚木がわたしを睨《にら》んでいる。彼はわたしの腕を掴んでその場から離れ、押し殺した声で囁《ささや》いた。

「あいつは誰だ？」

「誰って、橘さん？」

「どこの橘だ？」

「どこって……どこだったかしら？　名刺をもらったけど忘れちゃった」

「いつ？」

「は？」

「いつ知り合った？」

「先週？」

わたしの答えに、柚木の目が吊り上がる。

「最初から、全部、話せ」

有無を言わせぬ彼の口調に、わたしは覚えている限りを話した。

話を聞き終えた彼は、ますます恐ろしい顔つきになっている。

「なぜ言わなかった？」

「別に……。大したことないし」

「そういう問題じゃない！　お前は狙われているんだぞ。勝手に怪しい男に近づくな！」

「怪しくないでしょ？」

「怪しいだろ!? どう見ても! あんなキラキラした男が偶然、急に現れるか!?」

そう言って、柚木はまだ電話で話している橘さんを指さす。

「ちょっとー、どういう意味よ。人をモテない女みたいに言わないでくれる? わたしだってそこそこイケてるかもしれないでしょ!?」

「そんなことは関係ない。今がどんな状況かわかってるのか? 俺は、知らない男にほいほい近づくなと言ってるんだ!」

「ほいほいって……虫じゃあるまいし」

「とにかく! これ以上関わるな」

「でももう関わっちゃってるし……」

柚木は今にも頭のてっぺんから煙《けむり》が出そうなほど顔を赤くしている。さっきまで抱き合っていたことが嘘みたいだ。

わたしは思わず首をすくめた。

ふいに、爽《さわ》やかな声がわたしと柚木の間に割って入る。

「女性に向かってそんなに怒鳴ることないんじゃない?」

二人で同時に振り向くと、電話を終えた橘さんが咎《とが》めるような視線を柚木に向けていた。その視線を受けた柚木は、目いっぱい苦い顔になる。

「あなたがどんな立場なのか知らないけど、その言い方は良くないよ」

「そっちこそ、口出し無用だ」

「どんなことがあっても、女性に対して怒鳴るものじゃない」

柚木が恐ろしい顔になった。でも、橘さんはそんなことは気にならないとばかりに、肩をすくめる。

「大丈夫？」

わたしに向かって言った。美しい顔に、心配そうな表情が浮かんでいる。

「え、あ、はい。大丈夫です。いつものことで」

「いつも？」

彼は顔を顰《しか》めた。

「いえ、……まあ言葉のあやです」

すぐさま言い直したけど、怪しい顔をされる。

「そう？　とりあえず今日は、出直すよ。あなたがこれ以上怒られないように。名刺の電話番号は個人用？」

「ああ、ええ。会社支給の携帯ですけど、わたしにつながります」

「なら、また連絡するね」

「あ、はい」

じゃあねと言って、橘さんが去っていった。去り際、ちらりと柚木のほうを見る。

「……なんか、さらに関わりが深くなっちゃったわね……」

わたしがぼそっと呟《つぶや》くと、背後から長いため息が聞こえた。

「行くぞ」

柚木に促《うなが》され、わたしは歩き出す。彼はまた、わたしの半歩後ろについた。さっきとは違う意味で気まずい。

会社のビルに入ったあとも、お互い口を利かなかった。

柚木がまだ怒っているのがわかる。確かに考えてみれば、わたしも軽率だった。ただ、ここで素直に謝る気になれないところが、わたしの悪いところだ。

ラボに入ると、さくらが待ち構えていたかのように満面の笑みで近寄ってきた。

「おはようございます！　初めての二人通勤ですね！　ラブラブ度は上がりましたか？」

「おはよう……」

とりあえず挨拶したものの、わたしはそれ以上のリアクションを返せなかった。柚木の不機嫌さは変わっていない。

それを見たさくらが、目を見開いて首をかしげた。

「あれー？　全然じゃないですか⁉　うーん。毎度毎度想像通りにいかないなー。わたしの想像力が変なのかしら？　現実は難しいんですねえ」

唸《うな》りながら、彼女は実験の準備を始めた。

そんなさくらを見送って柚木を見ると、やっぱり仏頂面《ぶっちょうづら》のままだ。

不用意になにか言ったら、火に油を注ぐかもしれないと、わたしは押し黙る。

そして、さくらと打ち合わせをして、仕事を進めた。気になって時々柚木の様子を窺《うかが》うものの、彼の機嫌は一向に直らない。

わたしは、なんだか落ち着かなくなった。

しばらくして、安藤さんが姿を見せる。

「――柚木さん、ちょっといいですか？」

「なんだ？」

彼女は柚木に声をかけた。ずっと黙っていた彼が返事をする。そのまま二人は、壁に向かって話し出した。

……なんだ。安藤さんとは普通に話すんだ。

「もうっ、柚木さんってば！」

安藤さんが笑っている。柚木の背中を親しげにポンと叩き、クスクスと体を震わせていた。

わたしからは柚木の顔が見えない。

彼も笑っているのだろうか？　わたしといる時は、あんなふうに楽しそうにはしないのに。

そもそも、柚木と笑顔で会話できた記憶がない。

突如、心の中に湧いてきたモヤモヤ。その正体がなんなのか、さっぱりわからなかった。

「カチョー？　どうしました？」

さくらの声で我に返る。

ハッとしてさくらを見ると、彼女がニヤニヤしていた。

「……さくらちゃんのほうこそ、その顔はなによ？」

「ふふふ……わたしは今、カチョーの恋愛レベルアップの瞬間に立ち会っているんだっていう高揚感《こうよう》でいっぱいです！」

「ごめん、意味わかんない」

「まるで生まれたての子牛が歩き出す瞬間を見ている気分です！」

「なによ、その例え」

さくらがなにを言っているのか、さっぱりわからない。なんでわたしが牛なのよ。

「大丈夫です。わたしは全面的にカチョーの味方ですから！　任せてください！」

なんだかまったくわからないものの、さくらに任せるのは危ない気がする。

「別に良いわよ」

そう言ったのに、彼女は聞こえなかったのか、鼻歌を歌いながら実験室に消えた。

わたしはため息をついて柚木たちのほうをちらっと見る。雑談は終わったのか、また二人とも真面目な顔に戻っていた。

結局、柚木のわたしに対する機嫌は直らないまま、終業時刻になる。

何度か話しかけようとしたけれど、安藤さんの前で無視されるのが怖くて、わたしのほうも彼を避けていた。

けれど、帰りも彼と一緒になり、緊張してくる。

「……まだ怒ってるの？　そんなに怒りんぼだと、疲れちゃうわよ？」

会社を出て駅に向かう途中で、恐る恐るそう言うと、ギロッと睨《にら》まれた。

「そもそも誰のせいだ」

ぶっきらぼうでもちゃんと応えが返ってきたことに、少しホッとした。

「……わたしだけど。でもそんなに怒らなくてもいいじゃない。過去は変えられないんだし」

そう言うと、柚木が今日何度目かのため息をつく。

駅は人で混み合っていて、どの電車も満員だ。まだ渋い顔をしている彼を見る限り、朝ほどの待遇は期待できそうにない。

けれど、満員電車に乗り込むと、わたしの体に彼の腕が回り、また抱きしめるみたいに支えてくれた。

彼のスーツに顔をつけ、その体にもたれて電車の揺れをやり過ごす。

あんなに怒って、あんなに機嫌が悪かったのに、こうして抱きとめる腕の力は優しい。

ふと彼がどんな顔をしているのか、見てみたい衝動にかられた。

けれど少しでも動いた瞬間、なにもかも終わってしまう気もする。結局わたしは身動き一つできなかった。

電車を降り、柚木がまたわたしの手を取る。まるで恋人同士みたいに、自然と手がつながれた。

握る手の強さは優しいし、歩くスピードもわたしに合わせてくれている。ただ、ずっと黙ったままだ。

やっぱり声を出したらすべてが消えてしまいそうで、わたしはなにも言えなかった。

会話のない状態でマンションの前に到着し、柚木の手がそっと離れる。

なくなってしまった温もりにがっかりしながらオートロックを開け、ロビーまで一緒に入る。コンシェルジュがわたしに気づいて頭を下げた。

「お帰りなさいませ」

「なにか問題は？」

「なにもありません」

柚木の問いに、コンシェルジュが簡潔に答える。柚木は頷《うなず》き、エレベーターホールまでついてきて、わたしをエレベーターに押し込んだ。なにも言わず、わたしの部屋がある階のボタンを押し、さっさと扉を閉める。わたしの部屋は把握済みのようだ。

エレベーターが止まり、扉が開く。柚木が先に出てあたりをチェックしたあと、わたしを促《うなが》した。

二人で部屋の前まで歩き、玄関の扉の鍵を開ける。

「すぐ鍵をかけるように。ではまた明日」

「あ、はい。おやすみなさい」

言われた通り、わたしは柚木の鼻先で玄関の扉を閉め、鍵をかける。それを確認したのか、彼の足音が遠ざかっていく。

一日中そばにあった気配が消えた。

そのことに喪失感を覚える。

そしてわたしは、自分がふわふわしていることを自覚した。

ああ、これは嫉妬《しっと》なんだわ。

頭の中に突如、そんな言葉が浮かぶ。

それはわたしが安藤さんに感じている感情だ。

機嫌の悪い柚木ともちゃんと話し、そして彼の隣に立っても違和感がないプロポーションの彼女。

そんな安藤さんに嫉妬《しっと》しているということは……

認めたくないけど、わたし、柚木を好きみたい。

しばらくの間、わたしは玄関で呆然と立ち尽くしたのだった。

6

いくらドキドキしてもふわふわしても、人は慣れる。

柚木と行きも帰りも一緒にいるようになって、約一週間が過ぎた。初めの頃のような違和感はなくなり、それが日常になりつつある。

ただし、満員電車で密着することだけは、何度経験しても慣れそうにない。

柚木が好きだという自覚はある。自覚しているからこそ、あの状況をどうしたらいいのかわからないのだ。

今日も今日とて、混んだ電車に乗り込むなり、柚木の腕の中に引き寄せられた。あまりにもドキドキしすぎて、言わなきゃと思っていたことがあったのに、それを一瞬で忘れた。

柚木がわたしを嫌っていないことは、本人の口から聞いている。わたしも、嫌いな女をこんなふうに抱きしめたりしないと思いたい。

だったら、柚木はわたしをどう思っているの？

それが知りたいような知りたくないような複雑な気持ちだ。だって、ただの任務だと言われたら、それこそどうしたらいいのかわからない。

どちらのものかもわからない鼓動《こどう》が、わたしの耳に響いていた。

そんな時間をやり過ごし、なんとか会社に着く。わたしは若干ぐったりしていた。

「カチョー、柚木さん、おはようございます！」

そんなわたしとは正反対に、さくらはいつも通り元気だ。安藤さんは黙って頭を下げた。

「……はい、おはよう」

わたしはとりあえず挨拶を返した。

「今日はどうしますか？　発注してあったものがいろいろ届いてますよ」

「そうね。この前の催涙《さいるい》ガスの改良版ができてるから、それからやりましょう」

わたしがそう言うと、柚木がゲッと顔を顰《しか》めるのが視界の端《はし》に入った。初日のことを思い出しているのだろうか。

「わかりました。では準備してきますね」

フットワークの軽いさくらが飛ぶような足取りで実験室へ向かう。

「よろしくね」

さくらを見送ってから、わたしは自分の作業台に鞄を置き、パソコンを立ち上げた。メールをチェックして、ファイルを見直す。

その間、柚木と安藤さんは静かに立っていた。

わたしは一旦出社すると、お昼以外はラボの外に出ることがほぼない。

だから、会社内でずっとそばにいる必要はない気がするが、それを口に出せてはいない。

――さくらと二人で実験するより、人手があったほうがいい。

その理由に嘘はないけど、それだけではないことを自分でもわかっていた。

わたしは柚木にそばにいてほしいのだ。

けれど、彼が安藤さんと親密そうにしていると、モヤモヤする。

最近、そんなことばかりだ。

昔から、どっちつかずなことが苦手だった。

でも、柚木のことに関しては、はっきりとした態度をとれない。

こんなことはこれまで一度もなかった。

柚木のそばにいるとドキドキして落ち着かなくなる。だからつまらないミスを繰り返すのだ。

柚木の前でだけ。そして彼だけが被害に遭《あ》う……

そんな気持ちをごまかすように、わたしはキーボードを打つ手を速めた。

必要な資料を揃え、データを実験室のパソコンへ送る。それから、作業台の隣にある鍵のかかった棚から、アルミ製のアタッシュケースを取り出した。

ケースの鍵を開けると、中にはおはじきに似た形のものが収納されている。数は五十個。その中の一つを慎重に取り上げた。

指先でつまめる程度の大きさのこの装置に、半径一メートルに効く催涙《さいるい》ガスが内蔵されている。

これがうまく動作するか、どのくらいの効果があるのか、その実験が今日のわたしとさくらの仕事だ。

装置をアタッシュケースに戻したその時、滅多にかかってこない内線電話が鳴った。

「はい」

電話は、受付からだった。

『桃井課長ですか？　橘様がお見えです』

「……あ！」

わたしは、昨日橘さんから連絡があったことを思い出した。

『お約束しているとのことですが……』

「あ、ええそうです。こちらにお通ししてください」

背後で訝《いぶか》しんでいる柚木たちを目の端《はし》で捉え、数分後に雷が落とされるであろうことを覚悟した。

受話器を置くと、柚木が近寄ってくる。

「客か？」

「……ええ、まあ……」

「……怪しい」

眉を顰《ひそ》める柚木。

その予想は当たっているわよ、とは言えない。

「そ、そう？」

あからさまに挙動不審になりつつも実験準備を続けていると、救いの神か、はたまた地獄の悪魔か、ドアをノックする音が響いた。

「はい、どうぞ」

「お邪魔します」

爽《さわ》やかな声とともに部屋に入ってきた橘さんを見て、柚木の顔が一気に険《けわ》しくなる。

「おはようございます。橘です。お邪魔してすみません」

そんな柚木なんてお構いなしに、橘さんは安藤さんに向かって微笑《ほほえ》んだ。彼女はあきらかに頬《ほお》を染めていた。

　彼女も、橘さんの外見にやられたようだ。

「お言葉に甘えて来ちゃったけど、大丈夫かな？」

「大丈夫ですよ。今からちょっとした実験をするので、良かったら見ていってください」

「本当⁉　嬉しいな」

　橘さんが華やかな笑みを浮かべる。それに応えるようにわたしも笑った時、文字通り首根っ子を掴まれ、部屋の隅まで連れていかれた。柚木だ。

「どういうことだ？」

　顔を近づけ、重く低い声で言った。ものすごく怒っているのがわかる。

「説明しろ」

「そんな怒らないでよ。昨日の夜、連絡があったのよ」

　そう言った途端、柚木の顔が一気に強張《こわば》る。

「ほら、名刺交換したって言ったでしょ。で、この前ちゃんと話せなかったから、また会いたいって言われて。わたしの仕事に興味があるんですって。仕事が終わったあとに会うのは面倒だから、会社に来てくださいって誘ったの」

　柚木が一緒にいる時がいいのだろうから、もうどこでもいいやって思ったのよね。

「なぜすぐに言わない？」

「今朝言おうと思ったけど、……忘れてたのよ」

柚木の背後からゴゴゴ……と音が聞こえてきそうだ。

けれどそもそも、彼が朝からべったりくっついているせいで、頭の中が真っ白になっちゃったのだ。

ただ、それは口にせず、わたしはどうやって彼の怒りをやり過ごそうか、考える。

「カチョー、遅いですよー。って、わーっ、なに⁉ 超イケメン‼」

突然のさくらの叫び声に、柚木の意識がそっちに向いた。

ありがとう、さくらちゃん。ボーナスの査定、上げてもらうよう頼んどくね。

「こんにちは。お邪魔してます。橘です」

彼女のテンションの高さに臆することなく、橘さんがにっこりと笑う。

「初めまして、河合です。カチョーのお知り合いですか？」

「そうなんだ。この前、出会ったばかりなんだけど、今日は図々しくお邪魔させてもらったんだ」

「イケメンなら大歓迎ですよ」

さくらが笑顔で、そのコミュニケーション能力の高さをいかんなく発揮していく。

「実験にも、ぜひ参加してください。こういうのは人が多いほうが良いんです。ね、カチョー？」

「ええ、もちろん」

背後で柚木が怒りのオーラを発しているのに、さくらはそれに構うことなく、橘さんを隣の実験室に案内した。

「ここに来て新キャラ登場なんて！　また面白くなってきたなあ。ムフフ」

さくらちゃん、強い。そして独り言が大きい……

まだ怒っている柚木と、いつも通りの冷静さを取り戻した安藤さん。二人と一緒に、わたしはさくらのあとを追って実験室に向かった。

巨大な実験室の入り口で、橘さんが口をポカンとあけて中を見回している。

「すごいところだね」

圧倒されたようなその顔に、なんだか照れくさくなった。

「ちょっと特殊な実験が多いから、広い場所が必要なんです」

わたしは持ってきたファイルを近くの作業台に置く。すでにさくらが、部屋の真ん中に巨大なアクリル板に囲まれたスペースをセッティングしてくれていた。

彼女がカメラとセンサー類を取りつける様子を、橘さんが興味深そうに見ている。

「なにが始まるの？」

目を輝かせて聞いてきた。

「試作品の実験です」

わたしは白衣を着て、また手伝ってもらおうと柚木を見る。彼はぎくりと顔を強張《こわば》らせた。

「そいつにやってもらえ」

わたしが言葉を発する前に、橘さんを顎《あご》で示す。

「え？　なに？」

橘さんがにこやかに答えた。柚木のあからさまな冷たい態度を、橘さんは気にしていないようだ。

「実験に、参加してみたらどうだ？」

またしても、わたしが答える前に柚木が言った。

「実験？　どうやるの？　難しい？」

「いいえ、そこに立っててもらうだけなんで……」

わたしは、ついっとアクリル板の真ん中を指さす。

「へえ、じゃあやってみようかな」

橘さんがそう言うなり、さくらがやってきてゴーグルとマスクを手渡した。

「初めてなんでこれも」

追加でヘルメットも渡す。

「なんかすごいな」

それらを着けた橘さんは、いそいそとアクリルの箱の中に立った。

カメラと測定器で彼の位置を計測してパソコンにデータを打ち込む。箱の中で位置を微調整しているさくらを眺《なが》めていると、わたしの背後に柚木が来た。

「俺の時はヘルメットなんてなかったぞ」

「あら、そうだったかしら？　でもあなたは鍛えてるから、少しくらい大丈夫でしょ。橘さんは社外の人だもん。怪我はさせられないわ」

モニターを見たまま答えると、彼はフンと鼻を鳴らす。

「あの実験は、ヘルメットがどうこうって問題じゃなかったけどな。どうなるか、楽しみだ」

振り返って見た柚木は、ほんとにニヤニヤしていた。

変なの。

わたしはもう一度パソコンを確認して、ゴーグルをつけ、装置が入っているケースを持つ。その瞬間、柚木が数歩退《しりぞ》く。

それに構わず、わたしは興味津々《きょうみしんしん》な橘さんの前に立った。

「その格好も素敵だね」

「ありがとうございます。橘さんもお似合いですよ」

ゴーグルとマスク、ヘルメット姿でもキラキラ笑顔の橘さんは、わたしの言葉に一瞬だけ変な顔になった。

まあ、それもそうか……ヘルメットにマスク姿だし。

「すべてオッケーです」

さくらの声に手を上げて応える。ケースのふたを開けると、橘さんが覗《のぞ》き込んできた。

「それはなに？」

「防犯装置です。従来のものとは成分を変えたガスが入っているんですよ。空気よりも重い成分を加えて、広がりにくくしてみたんですけど……」

わたしは装置を一つ選んで取り出す。

「へえ……なんだかよくわからないけど。どうやって動かすの？」

「小さな衝撃を与えると発動する装置が内蔵されています」

指先でそれを持ったまま、橘さんのほうを向く。距離は約一メートルで、ちょうどいい。

「どうやるの？」

「つまり、こういうふうに」

きょとんとしている橘さんの胸あたりに、えいっと装置を投げつけた。当たった瞬間、軽い破裂音がする。

わたしはすぐに数歩後ずさり、彼の様子を見守った。

はじめこそ唖然としていたけれど、装置から青い煙《けむり》が溢《あふ》れてくると彼は驚いたように腕を振り回す。

「うわあ。なんだこれっ。ぐっ、ゲホッ」

マスクをしているのに咳《せき》込み始めた橘さんを横目に、わたしは気体の様子を注視した。

計算通り、前回ほど広がらない。うまく対象に絡みついているように見える。

「ゲホッ、な、ゲホッ」

橘さんが煙《けむり》から逃げようとし始めた。何度かアクリル板にぶつかり、その度に大きな音が響く。

「排気！」

わたしは合図を送った。アクリル板の隅につけられた大きなパイプから新鮮な空気が入り、ガスを押し出す。

完全にガスが消えると橘さんは動きを止め、板に寄りかかるように座り込んだ。

「さくらちゃん？」

呼びかけるとすぐに返事が来る。

「良い感じですよ。ガスはほぼ接触点を中心に半径三十センチ程度しか広がってません。対象が動くとその気流に乗って、そのまま移動しています」

「そう。じゃあもう一回同じようにやってみる」

さくらに頷《うなず》き、わたしはケースの中からもう一つ装置を取り出した。

「ちょ、ちょっと待って」

橘さんがヨロヨロと立ち上がる。

「大丈夫ですか？　言い忘れてましたけど催涙《さいるい》ガスなんで、あまり吸い込まないようにしてくださいね。マスクもしてますし、一応健康に害はないんですけど。じゃあもう一回行きます」

「え⁉　ちょ、ちょっと待って」

「えいっ」

わたしは後ずさる橘さんに向かって装置を投げた。彼が避けたからか、わたしのコントロールの問題か、今度は肩に当たる。

ポンッという音とともにガスが噴射された。

「ううっ」

橘さんはマスクの上から手で口を覆《おお》い、ガスから逃れようとしてまたしても何度かアクリルの壁にぶつかった。わかりやすくするために色をつけたガスは、彼のまわりから離れない。

「排気して」

さくらに合図を送ると、すぐにガスは消えた。

「いい感じね」

うんうんと一人頷《うなず》く。

アクリル板にもたれた橘さんが、ゴーグルを引きちぎるように外した。その顔には汗が滲《にじ》んでいる。華やかな顔には疲れと怒りが見て取れた。

これが柚木なら、今頃怒鳴り散らしているところだ。

さすがのわたしも、やりすぎてしまったのかもと、反省する。

「大丈夫ですか？」

手を差し出そうとしたその時、いつの間にかそばに来ていた柚木が、橘さんの腕を掴んで立ち上がらせた。

「大丈夫ですか？」

低い声で言う。彼の顔には小バカにしたような表情が浮かんでいた。

「ええ、……なんとか」

橘さんが絞り出すように答える。一瞬わたしを見た目に、恐怖の色が浮かんだ気がした。けれど、すぐにその色は消える。

「ず、随分大変な実験なんだね」

「そう、ですね。ご協力ありがとうございます。ヘルメットがあって良かった。ねえ？」

　わたしは柚木のほうを見る。

「……まあな」

　彼は変な顔をしていた。

「あの……もう少し続けたいんですが、お願いできますか？」

「えっ……!?」

　わたしが言うと、橘さんが口を開けて固まる。

「俺がやる」

　代わりに答えたのは柚木だ。

「あら、いいの？」

　あんなに嫌がっていたのに。

　柚木は橘さんを箱の外に出すと、ゴーグルをつけて中心に立った。仁王立ちというやつだ。

「いつでもいいぞ」

「……どういう心変わり？」

「別に」

「ふうん、まあいいけど……」

　箱の外のさくらの用意はできているようだ。橘さんは、安藤さんが持ってきた椅子に座って項垂《うなだ》れていた。

「じゃあ行くわよ」

柚木に向かって言うと、彼は険《けわ》しい顔のまま頷《うなず》く。

さっきの橘さんのデータとは距離を変えようと、わたしは柚木に近づいた。その距離は約六十センチ。

一瞬柚木が息を呑んだような気がする。

「えいっ」

目の前の広い胸をめがけて装置を投げる。軽い破裂音とともに色つきガスが噴き出した。

口を押さえて数歩下がり柚木を見る。

「あら、まあ……」

彼はこの前とは違い、身動き一つせず立っていた。

健康に害がないとはいえ、ガスはそれなりに効いているはずだ。なのに、柚木は微動だにしない。顔色一つ変えず、そこに立っている。

わたしはかえって、彼が心配になった。

「さくらちゃん、排気して!!」

「はーい」

換気装置が動く音と同時に、柚木にまとわりついていたガスが消える。新鮮な空気の中、彼は大きく深呼吸した。

「ねえ、全然動かなかったけど、大丈夫なの？」

「さっきのあいつみたいにか？」

柚木がまたバカにしたような目を橘さんに向ける。

「ガスは彼の時と同じものだもの、あなたが強いのよ」

わたしの言葉に、満足げな顔に変わる。

橘さんの反応を見てそれほど実験ができないかもしれないと思っていたわたしは、つい欲が出てきた。

「——今度は動いてみて」

「……わかった」

妙に自信満々な柚木に、二つ目の装置を投げた。

「……え？」

ガスをまとった柚木が、いきなりスクワットを始める。色つきガスが、彼の動きに合わせて上下に動いた。

ほぼ無表情でスクワットを繰り返す柚木は、正直言って不気味だった。

「排気して」

わたしの合図で空気が入れ替わる。

スクワットを終えたのに、柚木は息切れ一つしていない。それどころか、どうだとばかりにわたしを見下ろしている。

その顔に、なぜかわたしの胸が高鳴った。

しばらくいろいろなパターンを繰り返し、データが十分取れた。わたしは自分のゴーグルを外し、装置の入ったアタッシュケースを閉じる。

「もう終わりか？」

残念そうに柚木が言う。

「……もういいわよ。今度はもっと走り回れる広さの場所を用意するわ」

そう答えると、フンと鼻を鳴らす。

「柚木さん！　すごいですね」

さくらが囲いの中に入ってくるなり言った。

柚木は無言だけど、その顔は得意げだ。

「あそこでスクワットが出てくるとは思いませんでしたよ。びっくりして写真撮るの、忘れちゃいました」

「撮影は禁止だ」

「わかってますって」

さくらが笑って手を振る。

もっとも、次の機会があれば、彼女は絶対に撮るだろう。

「とりあえずこれは撤収しましょう」

「そうですね」

さくらが頷《うなず》き、機材の片づけを始めた。

わたしは柚木と一緒にアクリル板の外に出る。すると、さっきのショック状態から立ち直ったらしい橘さんが、満面の笑みで待っていた。

「桃井さん、すごいね。こんな研究をしてるなんて」

「いえ、そんな」

「謙遜《けんそん》しなくていいよ。助手の人に聞いたけど、画期的な発明をたくさんしてるんだって？　本当に優秀なんだね」

「ありがとうございます」

こんなに褒められるとものすごく照れくさい。頬《ほお》を火照《ほて》らせるわたしに、彼は少しだけ真面目な顔で言った。

「こんなこと聞くの、不躾《ぶしつけ》かもしれないけど。桃井さんって恋人いるのかな？」

一瞬柚木の顔が浮かんだけど、彼とは仕事上のつきあいしかない。

「え……。い、いえ、いませんけど……」

「そうなんだ」

　橘さんが顔を輝かせる。

「じゃあ、ぜひ友だちから始めさせてほしいな」

「えっ、友だち？」

「そう。僕、桃井さんのこと、もっと知りたくなってきたよ。だから、お友だちから。良い？」

　キラキラの笑顔で迫ってきた。

「え、ええ。とりあえずお友だちなら……」

「やったね。こんなに美人な開発者さんと友だちになれるなんて光栄だよ」

「まあ……」

　美人だなんて言われたことのないわたしは、悪い気はしない。

　なんて言葉を返そうかと迷っているうちに、後ろにいた柚木がずいっと前に出てきた。

「やってることは、マッドサイエンティストだがな」

「あら！　失礼ね」

　せっかくのいい気分が台なしだ。

　よりによって、彼に言われると、落ち込む。

　思いっきり顔を顰《しか》めると、柚木にフフンと鼻で笑われた。

「そんなふうに言うのは良くないよ。女性は敬《うやま》わないと」

橘さんが笑いながら言う。その目はちょっと怒っていた。

それがなにに対しての怒りなのかはわからないけれど、柚木も不愉快そうな顔になる。

頭の上で、二人が静かに睨《にら》み合った。

わたしのことは視界に入っていないようなので、間をそっと抜け出し、作業台に向かう。そこで待機していた安藤さんは、複雑な顔で二人を見ていた。

「カチョー！　これはモテ期ってやつじゃないですかっ⁉」

後片づけを終えて戻ってきたさくらが柚木と橘さんを見て、面白がっている表情で言う。

「まさか」

そう返すわたしに、安藤さんが重ねた。

「絶対違うでしょ」

「どっちにしろ、イケメンが二人。眼福眼福」

「……そういえばさくらちゃん、橘さんの写真は撮らないの？　イケメンの写真集めるの、趣味だよね。多分怒られないと思うけど」

「あー……そうなんですけど。どうしてか、その気にならないんですよね」

さくらが不思議そうな顔をする。

あのさくらが写真を撮らないなんて、ちょっとびっくりだ。

彼女は柚木以外にも、社長や営業部の超イケメンだと噂されている男性の写真を撮りたがる。実際に撮った写真をわたしも見せてもらったことがあった。

イケメンすぎるのも良くないのかしらね。

まだ睨《にら》み合っている二人を見つつ、わたしは首をかしげた。

7

その後、何事もなく日々は過ぎ、ラボに珍しいお客様がやってきたのは、八月のある日のことだった。

白衣にゴーグルをつけ、いつもの仕事着で機械オイルにまみれていたわたしは、遠慮がちな声とともに扉が開く音を聞く。そこにお花畑が現れた。

「志乃様、こんにちは。お邪魔してもよろしいでしょうか？」

鈴を転がしたような声の、鮮やかな花模様が描かれた薄水色の着物を着た女性が実験室に現れる。

「まあ。雛子《ひなこ》さん！」

彼女は社長の奥様の芳野雛子さんだ。

日本人形みたいな容姿の方で、老舗《しにせ》の呉服屋のお嬢さんにふさわしく、いつも着物を着ている。

その姿はわたしとは対照的に女性らしい。……まあ、わたしが身なりを構わないのが、問題なのかもしれないけれど。

「お忙しいところにごめんなさい」

「いえいえ、大丈夫です」

わたしはそこら辺にあった布で、手についたオイルを拭《ふ》いた。

雛子さんの後ろには社長の側近の一人がついている。そのせいか、わたしの近くに控えていた柚木と安藤さんの緊張感が増した気がした。

「こんなところまでいらっしゃるなんて珍しいですね、雛子さん」

「志乃様がずっと籠《こも》っていらっしゃるから、来てしまったのですよ。たまにはルカさんに顔を見せてあげてくださいな」

ルカさんというのは社長のことだ。

「雛子さんなら社長も喜ぶでしょうけど、わたしの顔見ても喜ばないですよ」

「そんなことありませんわ。ルカさんは志乃様の発明が大好きですもの。喜びます」

雛子さんがコロコロと笑う。人妻とは思えない可愛らしさだ。

「なにかご用ですか？」

「ええ、そうなんです」

彼女はうふふと笑い、持っていた小さなバッグから真っ白な封筒を取り出した。

「今度パーティを開くんです。志乃様にぜひ、いらしていただきたくて」

差し出された封筒には、金色の文字で招待状と書かれている。

「パーティ？」

「はい。ちょっとした暑気払いの集まりです。いつも社の皆様にはお世話になっていますし。身内だけの会ですから、ぜひ皆様でご参加ください」

雛子さんはそう言い、さくらや柚木たちにも招待状を渡した。

「わーっ。パーティなんて初めてですよ‼」

さくらがはしゃいだ声を上げる。柚木と安藤さんに驚いている様子がないところを見ると、どうやら二人は前もって聞いていたようだ。

わたしは封筒を開けて中のカードを見た。招待状とは別に小さな紙がついている。

「あら、ドレスコードがあるんですね」

「せっかくの機会ですから」

雛子さんが微笑《ほほえ》んだ。

「えー、わたし、ドレスなんて持ってないですよー。着たこともないし」

さくらが珍しく焦った声を出した。

「レンタルとかあるわよ。わたし、借りたことあるし。買っても良いわね。また機会があるかもしれないから」

安藤さんが得意げに言う。さくらが少し悔しそうな顔になった。仲が良いのか悪いのか、謎な二人だ。

「いえいえ、この日のためだけに、わざわざ借りることも買う必要もありませんわ。ドレスもタキシードも、こちらで手配しますので。ただお手数ですが、お時間のある時にそちらのお店にいらしてください」

雛子さんはそう言い、招待状に同封されていた紙の下のほうを指さす。

そこには一軒の店の名前と住所が書かれていた。会社のすぐ近くだ。

「そこでお好きな服を選んでくださいね」

雛子さんの説明では、ドレスの他に靴や装飾品、バッグも一式揃えられるようだ。出席者全員の分を手配するなんて、なんという太っ腹。

雛子さんをみんなで見送り、さくらと顔を突き合わせる。

「どうします？」

彼女がわくわくした顔で言った。新しい実験を始める時と同じ表情だ。好奇心の強い子だから、パーティに興味津々《きょうみしんしん》なのだろう。

「予定のない日だし、雛子さん直々《じきじき》のお誘いだから参加しましょう」

「やったー！」

　さくらは喜び、安藤さんは嬉しさをかみ殺したような顔になる。柚木だけが思いっきり顰《しか》めっ面《つら》になった。

　また面倒なことをと、思っているのかもしれない。

　でも今回はわたしのせいじゃない。雛子さんの主催ってことは、社長だって了承済みだろう。

「ドレス、早く見に行きましょうよ。他の人に先を越される前に」

　さくらがわたしを急《せ》き立てた。

「いいわよ。じゃあは明日は早めに仕事を終わらせて行きましょうか。夜まで開いてるみたいだし」

「わーい。そうと決まれば、明日のために残りの作業をさっさと終わらせましょう」

　さくらが張り切って言い、やりかけの作業を再開した。

　またオイルにまみれながら、わたしはパーティのことを考える。

　さっきはなにも言わなかったけど、わたし自身もドレスなど着たことはなかった。友人の結婚披露宴に出たことすらない。

　これまで社内外問わず、パーティの誘いは多々あった。でも、面倒なのですべて欠席していたのだ。

今回は雛子さんからの直接のお誘いだから出席を決めたけれど、さくらがあれほど喜ぶなら良かった。

人前に出るのがあまり得意ではないわたしは、さくらほど楽しみにはしていないものの、ドレスには少し興味がある。

いつも白衣で、顔に汚れがついても気にしない。お化粧も最低限しかしないわたしの女子力は、かなり低い。

でもたまには、女の子らしい格好をしてもいいよね。

仕事を終え、わたしはいつものように柚木と駅へ向かう。混んだ電車に乗り込むなり、自然と抱き寄せられた。

昔見た映画で、お姫様がこうやって抱き寄せられてダンスを踊るシーンがなかったっけ？

そんなことを想像する最近のわたしは、ちょっと変だ。

「ドレスなんて、嬉しいものなのか？」

人混みに押されていると、ふいに柚木の声がした。

「嬉しい……そうね。普段着る機会はないから、コスプレを楽しむ感覚かしら？」

「ふーん」

「着るだけでお姫様みたいになれるんだから、女の子の憧れよね」

「……女の子って年齢でもないだろ」

「は？」

思わず下から睨《にら》みつけると、柚木はしらっと横を向いて視線をそらせる。

「女性はいつまでもお姫様に憧れるものよ。あんたもタキシードを着たら王子様に見えるかもね」

自分の言葉に自分でびっくりした。柚木もギョッとした表情を浮かべる。

「冗談よ」

ごまかすように言ったけど、なぜか胸の動悸《どうき》は残ったままだ。

わたしは頭の中で柚木のタキシード姿を想像してみた。背が高いし、すらりとした体型だからきっと似合う。片耳にはインカムをつけて、眼光鋭く会場を見回すのだろう。それこそ、セレブに仕えるボディガードみたいに。

目を閉じて、そんな柚木と踊る自分を思い浮かべる。

……だめだ。想像できない。

そもそも、ドレスが想像できないのだ。子どもの頃、塗り絵をしたゴテゴテなお姫様ドレスしか知らない。

わたしも、もう少しそういうことを勉強したほうが良いのかもしれない。流行のファッションはまあ良いとしても、冠婚葬祭の知識は必要だ。

学ぶことも知識を得ることも嫌いじゃない。

柚木はどうなんだろう。やっぱりおしゃれで可愛い女の子が好きなんだろうか。過去の恋人は美人だったに違いない。なんてったって、柚木はイケメンだ。

あー、わたし、なにを考えているんだろう。過去のことを考えても、どうしようもないのに。もっと前向きなことを考えなきゃ。

満員電車で柚木にもたれたまま、わたしはぎゅっと目を閉じた。


翌日。

さくらに急《せ》かされながら仕事をこなし、定時の前に作業を終えた。用意の良いさくらは昼のうちにお店に電話を入れ、今日行くことを伝えている。

「さ、行きましょう」

いち早く支度を終えたさくらが、わたしを促《うなが》した。

「そんな急がなくても……」

そう言いつつも、密《ひそ》かにわたしも楽しみにしている。

妙に浮ついているさくらとわたし、そして相変わらず渋い顔をしている柚木と安藤さんの四人で会社を出た。

目的のお店は会社のすぐ近くにある。

そこは普段の自分にはまったく無縁の煌《きら》びやかな世界だった。店内の至る所にドレスやタキシード、装飾品が並んでいる。その数はかなりのもので、これなら確かにパーティの参加者全員分の衣装を賄《まかな》えそうに思えた。

「ほえー……別世界ですねえ」

店内を見回し、さくらが気の抜けた声を上げる。

「いらっしゃいませ」

店長だという女性が満面の笑みを浮かべて現れた。髪をきっちりと結い上げ、ばっちり化粧を施《ほどこ》している。キラキラした店内とは対照的な黒いスーツは、商品を引き立てるためだろうか。

「桃井様、皆様も。ようこそお越しくださいました。どうぞ店内のすべての商品をご覧いただいてお選びください」

「え！　全部いいんですか⁉」

さくらが驚いたように言った。

「はい。お好きなものをお選びください。ご自由にどうぞ。試着や、わからないことがあればスタッフにお尋ねください」

店長は笑顔でそう返す。

「では早速、捜索してきます！」

さくらがびしっと敬礼して、安藤さんを引っ張って奥に消えた。

残された柚木と顔を合わせる。

「柚木はどうするの？　タキシード、ここで借りる？」

「いや、会社の備品にあるから、俺と安藤はそれを着る」

「警護課の備品ってそんなものまであるの？」

「要人警護もあるからな。結構なんでも揃ってるぞ」

「へえ……」

とりあえずわたしは、店内を一周することにした。数えきれないほどのドレスは、一つ一つ見ていたら、明日になりそうだ。

「ねえ、どんなのがいいかしら？」

柚木に尋ねると、また苦い顔になった。

「俺に聞くなよ。プロに聞け」

そう言って、スタッフのほうに顎《あご》をしゃくる。

なるほど、そりゃそうね。

「すみませーん」

声をかけると、すぐに店長が来てくれた。

「どんなドレスが良いんでしょう？　流行とか、ありますか？」

「そうですね。パーティは夜だと聞いていますので、本来ならイブニングドレスなんですが、今回はカクテルドレスでも大丈夫とのことです」

「はぁ……」

さっぱりわからない。

店長が丈の違うノースリーブのドレスを二着、並べた。丈の長いのがイブニングドレスで、短いほうがカクテルドレスと言うらしい。

……なんか素敵。

「このタイプのドレスは流行などを気にせず、お好きな色やデザインを選んでも問題ありませんよ」

「ありがとうございます」

店長はにこやかに店の隅へ引き下がった。

「さて。じゃあ捜索しよう」

「ドレスを選ぶ言葉じゃないな」

「うるさいわよ」

呆れ顔の柚木を引き連れ、ドレスを見ていく。

最初に手に取ったのは黄色いドレスだ。何段ものレースが装飾されていて、ふわっふわ。まるでアニメのお姫様みたいなものだ。

「ねえ、これは？」

体に当てて柚木に見せると、思いっきり顔を顰《しか》めた。

「なんか、それは絶対に違う気がする」

「カチョー。それはお色直し用のドレスですよー」

ドレスを挟んだ向こう側の通路にいたさくらが、顔を覗《のぞ》かせて言う。

「あら……そうなの」

どうりでゴージャスだと思った。

「申し訳ありません。混ざってしまっていたようで」

スタッフが飛んできて、そのドレスを受け取った。

気を取り直して別のドレスを見る。次に選んだのは、目の覚めるような青色のドレスだ。

「これは？」

「……わからん」

「ちゃんと見なさいよ」

「見てもわからん」

「もう。じゃあこれは？」

オレンジ色のドレスは、アイドルの衣装並みにフリフリしていて、可愛い。

「……年齢の問題だな」

「どういう意味よ」

その後も何回も聞いたのに、柚木の口から出るのは、気のない返事だけだった。

「どうしてそんな、やたらヒラヒラしたやつばかり選ぶんだ⁉」

いい加減に嫌気がさしたらしい彼が呟《つぶや》く。

「ドレスってそういうものでしょ。どうせならお姫様みたいな格好がしたいの」

「……ほう」

わたしが答えると、柚木は少しだけ驚いた顔になる。

「――桃井さんなら、なんでも似合うと思うよ」

ふいに、やけに気取った声が聞こえた。

柚木と二人で顔を向けると、橘さんがいた。普通のスーツ姿なのに、煌《きら》びやかな店内でも違和感がまったくない。

なんと言うか、顔なのねっ、と思った。

「まあ、橘さん。どうしてここに？」

「さっき会社に寄ったら、ここだって聞いて」

橘さんは屈託なく笑い、それとは対照的に柚木が顔を顰《しか》める。

「うちのセキュリティはどうなってるんだ」

吐き捨てるような柚木の言葉が聞こえたのは、わたしだけのようだ。

「ドレスを選んでるの？　結婚披露宴にでも行くのかい？」

「いえ。会社のパーティがあるんです」

「へえ、そうなんだ」

「でも、どれがいいのかわからなくて」

わたしがそう答えると、橘さんは少し考えるそぶりを見せた。

「そうだなあ。桃井さんは色が白いから、少し暗めの色が似合うかもね」

彼はたくさんのドレスの中から、濃紺のドレスを取り出す。

まるで夜のような深い青で、ヒラヒラした部分はあまりなく、体にそって流れるデザインだ。

確かに、大人の女性の雰囲気がする。

「あとはこんなのでも良いかな」

もう一着選んでくれたのは、黒いドレスだった。これもあまりヒラヒラしていない。

裾《すそ》と胸元にビーズとスパンコールが縫いつけてあって、やけにキラキラと輝いている。

これもかなり大人っぽい。

「随分と慣れてるんですね。女性の扱いに」

わたしがなにか答える前に、柚木が言った。その表情は皮肉たっぷりだ。橘さんの顔に一瞬だけ怒りが見えた気がしたけれど、それはすぐに消えた。

「そうでもないですよ。女きょうだいが多いから、慣れているとすればそのせいかも」

橘さんはさらりと返し、柚木を見て少しだけ顎《あご》を上げた。

「あなたこそ、もうちょっと女性の扱いを覚え直したほうがいいんじゃないかな？　特に、桃井さんみたいな特別な女性のそばにいるんだから」

フフンと笑い、やけに挑発的だ。

案の定、二人がまた無言で睨《にら》み合いを始める。バチバチと音が聞こえてきそうだ。まわりでは、お店のスタッフが興味津々《きょうみしんしん》な様子で見守っていた。

「まったくもう」

わたしは呆れ、そんな二人から離れる。ラックの向こうで、さくらがニヤニヤしているのが見えた。

「カチョー、やっぱりモテ期ですよ」

「なに言ってるの」

さくらに向かってため息をついた時、「どちらが彼女に似合うドレスを探し出せるか競争しよう」と、橘さんが言うのが聞こえた。

「……勝ったら？」

柚木が低い声で返す。

「野暮《やぼ》なことは言わないでほしいなあ。純粋な勝負だよ」

柚木はしばらく沈黙したあと、ドレス選びを始めた。

橘さんもドレスを漁《あさ》っている。異様な光景だ。

「……自分で探そ」

二人を放って、一着一着見ていると、背後から男たちの声が聞こえる。

「まったくきみはセンスがないな」

「うるさい。センスじゃなくて好みの問題だ」

「好きなものと似合うものは違うんだよ。わかってないな」

「なに？」

不穏な空気に耐え切れず、わたしはそそくさとそこを離れた。

「楽しそうなことが始まりましたね」

さくらが能天気なことを言う。

「楽しくはないわよ。それより見つかった？」

「はい」

さくらが元気良く言い、手に持っていた、黒いドレスを見せてくれる。

「あら、可愛い。安藤さんは？」

「わたしは警護課でスーツの用意がありますから」

「ああ、そうだっけ。ドレスは着ないの？」

「万が一の時に動けませんので」

安藤さんがきっぱりと言った。

彼女ならどんなドレスを着ても似合うだろう。柚木と並んでも、きっと見劣りしない。

それを想像して、少し落ち込んだ。

ああ、また。こんなふうに考えるの、本当にもうやめないと。

「これに似合う靴とアクセサリーも選ぶんですって。なかなか貴重な体験ですよね」

「そうね。滅多にない機会だから、雛子さんのお言葉に甘えて楽しませてもらいましょう」

「はい！」

さくらが楽しそうに安藤さんを引っ張って靴のコーナーへ向かうのを見送る。少し憂《ゆう》鬱《うつ》な気持ちで男たちのほうに目を向けると、どうやら終わったようだった。

「桃井さん！」

橘さんが満面の笑みで手招きしている。なんか、そこに行くのが怖い……

恐る恐る近寄るが、二人の手にはなにもない。ただ大きな姿見がそばにあった。

「じゃあ僕からね」

橘さんはわたしを鏡の前に立たせ、近くのラックにかけてあったドレスを手に取って、わたしの体の前にさっと当てた。

「まあ……」

彼が選んだのは、深いグリーンの複雑なグラデーションが入ったカクテルドレスだった。色はシックだけどデザインが凝《こ》っているので暗い印象はない。かなり肌が露出する大人っぽいものだ。

「どう? いつもの白衣も素敵だけど、たまにはセクシーなのもいいと思うよ」

鏡越しに、うっとりと笑う橘さんの顔が見える。

確かに、かなりセクシーだ。けれど、似合っているかどうかは、自分ではわからなかった。

「次はこっちだ」

ぶっきらぼうな声が橘さんの笑みを消す。

グリーンのドレスが消え、代わりにふんわりしたドレスが現れた。ピンクがかった赤色の薄いシフォンが、薔薇《ばら》の花びらのように幾重にも重なっている。肩から裾《すそ》に向かって、薄いピンクで始まり濃い薔薇色《ばらいろ》になるグラデーションのものだった。甘さは抑えられているものの、お姫様のような可愛らしい雰囲気がある。

さっきの橘さんが選んだドレスとは、まさに対照的だ。

「素敵。……これがいいわ」

薔薇色《ばらいろ》のドレスを体に当てたわたしは、鏡を見ながら左右に動いてみる。ふんわりとした花びらがゆらゆらと揺れた。

「ちょっと、甘すぎない？」

遠慮がちな橘さんの声がする。

「でも、お姫様みたいなのが着たかったんです」

わたしがそう答えると、彼は押し黙った。

「……そう。まあ、着たいものを着たらいいよ」

一瞬だけ浮かんだいら立ちを素早く消して、橘さんが笑う。

「選んでくれてありがとうございます」

わたしは橘さんを見て、そして柚木を見た。

柚木はなにも言わないまま、頷《うなず》く。

わたしはもう一度鏡を見た。

薔薇色《ばらいろ》のドレス姿の自分が映っている。

確かに甘めのデザインだ。似合っているかどうかも、やっぱりわからない。

でも、まるで新しい実験を始める時みたいに、楽しくてドキドキしている。そしてなにより、このドレスを柚木が選んでくれたということが嬉しかった。

「カチョーも罪な女ですな」

「なによそれ」

さくらと安藤さんの会話を少し遠くで聞きながら、わたしはいつまでも鏡の中の自分を眺《なが》めていた。

8

初めてのドレス選びは思ったよりも楽しかった。

メインが決まればあとは早い。ドレスに合うハイヒールを選び、アクセサリーを決める。

パーティバッグと言う、なにも入らなさそうなバッグも借りた。当日はヘアメイクまでしてくれると言うから、至れり尽くせりだ。

さすがは業界最大手の我が社。と言うよりも、雛子さんの気遣い。

パーティは再来週の週末。わたしの準備は、すでに万端だ。

「ドレスの件はいろいろ助かったわ。お礼はなにがいいかしら？」

金曜日の終業後、家に帰る途中の電車の中で、わたしは柚木に言った。

「別になにもいらない」

満員電車でいつも通りぴったりとくっついているくせに、彼は相変わらずぶっきらぼうに返事する。想像通りの答えに思わず吹き出しそうになりながら、わたしはどうしようかと考えた。

やっぱり食事が良いかしら。じゃあどうせなら……

「まあそう言わず。夕飯ご馳走《ちそう》するわ。早速行きましょう」

「お、おい」

最寄り駅で電車を降り、戸惑《とまど》う柚木の腕を掴んで改札を抜けた。

駅のロータリーを通り、マンションとは逆方向の飲食店が立ち並ぶ通りで、一軒の居酒屋に入る。

週末の夜で混んでいるものの、それほど待たされずに席に案内された。内装はいかにも居酒屋で、床や天井、壁も全部木でできている。案内されたテーブル席は、一つずつ木の枠で囲まれていて、個室みたいだ。

「居酒屋か」

向かい合って座りながら、柚木が言った。

「前から入ってみたかったのよ。一人じゃちょっと入りにくいじゃない？」

「……本当の狙いはそれだな」

彼は仏頂面《ぶっちょうづら》でこちらを見る。

「いいじゃない。ちゃんとご馳走《ちそう》するから」

壁に大量に貼られたメニューとテーブルのメニュー表を眺《なが》め、わたしはなにを食べようかと考える。

「なに飲む? わたしはビールにしようかな」

「酒は飲まない。まだ勤務中だ」

「そうなの?」

少し驚いて柚木を見た。

「お前を家に送り届けるまでが勤務なんでね。今はまだ家についていない」

「へえ、そうなんだー。じゃあわたしだけ飲もうっと」

少し悪いかなと感じつつも、せっかくの居酒屋なのでどうしてもアルコールが飲みたい。

「おい!」

「だってわたしはもう勤務外よ。柚木はお茶ね。さあ、食べ物はじゃんじゃん頼んでいいから」

「……おまえなあ」

「すみませーん。とりあえず生ビール中ジョッキとウーロン茶。あと、からあげとローストビーフ、キムチチャーハンとチーズ揚げ、ポテトフライとえびせんべいください」

「野菜も食えよ」

「えー……好きなものだけ食べさせてよ。ポテトだって野菜でしょ」

「シーザーサラダと野菜スティック、あと冷ややっこも」

わたしの抗議の声は、柚木に軽く無視された。

真っ先に運ばれてきたビールとウーロン茶でお疲れさまと乾杯し、料理が来るまで物珍しい店内を眺《なが》める。

「居酒屋に入ったことなかったのか？」

キョロキョロしているわたしを見て、柚木が言った。

「もう何年も来てないわ。まあ、その前だって一回だけよ」

「いつもはどこで食べてるんだ？　しばらく送り迎えをしてるけど、本屋以外寄り道したことないだろ？」

「そうねえ。言われてみれば確かに。夜は外食をほとんどしないわ。コンビニで買って帰ることもあるけど、家で作ることが多いわね。食材は週末にまとめて買ってるの」

わたしが答えると、柚木がびっくりした。

「料理ができるのか⁉」

「失礼ね。ちゃんとできるわよ。実験と同じで、分量さえ間違えなければ、それなりのものが作れるのよ」

「……ほー」

彼が疑り深い目で見てくる。

失礼しちゃう。

「あんたこそ料理できるの？」

「できる」

あっさりと答えた彼に、今度はわたしが驚く。

「うちは両親が共働きで、弟たちがいたからな。子どもの頃に自然と覚えた」

「へえ、弟さんがいるんだ。何人？」

「三人いる」

「え、三人も⁉」

「そっちは？」

「わたしは一人っ子よ」

「ああ」

納得したように柚木が頷《うなず》いた。

「なによ？」

「別に。そんな感じだなと思っただけだ」

文句を言おうとしたところで、頼んでいた料理が続々とやってきた。

「わー。美味《おい》しそう」

早速からあげを食べようとして、柚木に遮《さえぎ》られる。

「野菜から食え」

目の前にずいっとシーザーサラダを置かれた。

「えー……」

渋々サラダを少し食べ、彼が頷《うなず》いたのを確認してから、ようやくからあげを口にした。

「んまい！」

ビールを飲み、食べ物をどんどん食べ、二杯目のビールをお代わりする。

「……よく食うな」

「食べ盛りなのよ」

ウーロン茶を飲みながらゆっくりと食べている柚木が、呆れたようにわたしを見た。

「――それより、弟さんたちはなにしてるの？」

「……二人はサラリーマン。一番下は関西の大学に行ってる。それぞれ一人暮らしだ」

「まあ、みんな立派ね」

わたしがそう言うと、彼は少しだけ誇らしげな顔になった。

「そっちは？　昔から発明が好きだったのか？」

「そうね。幼稚園くらいの頃に、ラジオを分解する講座に連れていってもらったのが最初かしら。それがすごく楽しくてね」

「ほう」

「最初の頃は電子回路とか機械系が好きだったんだけど、そのうち他のものにも興味を持ったのよ。新しいものを作るのは楽しいし、特に防犯グッズは人の役に立つものだから、今の仕事はやりがいがあるわ。わたしの発明が誰かの役に立っていると思うと嬉しいの」

「なるほどな」

「柚木はどうして警護課に入ったの？」

「元々営業志望だったんだけどな、面接の時に警備部の部長にスカウトされたんだ」

「へえ。でも営業じゃなくて良かったんじゃない？　その仏頂面《ぶっちょうづら》じゃあ営業先も逃げちゃうわよ」

「酷《ひど》い言い草だな」

柚木がじろりとわたしを睨《にら》む。

「まあ、俺だって今なら向いてないとわかってるけど」

「警護課って訓練とかあるの？」

「もちろんある。一年目にありとあらゆる格闘技を一通り教わった。元々柔道はやってたしな、毎日トレーニングもしてる」

「今でも？」

「当然。社内にジムがあるんだ、プールつきの。そこで空いた時間にやってる」

「へえ！　本社の中に？　知らなかったわ」

「そうか？　一応社員なら誰でも使えるぞ。警護課以外の社員も結構来てる」

「ふうん……でもわたしはいいわ。運動は苦手だもん」

そんな会話をしつつ、ポテトフライをバクバク食べる。

「……それにしてもよく食うな」

追加注文した肉シュウマイと焼き鳥の盛り合わせ、牛肉のステーキを前にニヤニヤしていると、柚木に呆れた顔を向けられた。

「それも肉ばっかり。野菜も食え」

彼はわたしが食べようとした焼き鳥の串を横取りして、代わりに野菜スティックをわたしの口に入れる。

「んんっっ」

きゅうりをぽりぽり噛みながら、わたしが食べるはずだった焼き鳥を頬《ほお》ばる柚木を睨《にら》んだ。

「酷《ひど》い。わたしのお肉」

わたしの抗議を無視して、彼がステーキの皿とサラダの皿を取り換えた。そして、ステーキを一切れ口に入れる。

「あー。わたしもお肉食べたいのに」

「バランス良く食べろ」

柚木の返事はそっけない。

「まったくもう。いつからそんな健康志向なの？」

「元からだ。というか、普通だ。お前が特殊なんだ」

「失礼ね」

柚木の目を盗んでさっと肉シュウマイを口に入れ、三杯目のビールで流し込んだ。

「ところで、酒は強いのか？」

空になったジョッキを見て彼が言う。

「え？　ほとんど飲まないわよ」

わたしが答えると柚木は目を見開き、あんぐりと口を開けた。

柚木がそんな顔をするなんて。珍しいものを見たな。

「……なんでこんなに飲んだ!?」

なんで？　どうしてかしら？

わたしは改めて考える。

「だって、楽しいから」

ぱっと浮かんだ言葉が口をついて出た。

「柚木とこんなふうに話せると思ってなかったから、嬉しいのかも。第一印象が悪かったのはわたしのせいだけど、ずっと嫌われてるのは嫌だしね」

わたしの言葉を聞いた柚木の表情が、少し変わる。

「……別に、嫌ってない」

「そう？」

「ああ」

前にもそう言われたのを思い出す。あの時も、彼の気持ちに驚いた。

「今回の仕事、本当は嫌だったんじゃないの？」

「仕事に好きも嫌いもないが、正直に話すと、自《みず》ら《か》立候補したんだ」

「えっ、そうなの？　どうして？」

柚木は考え込むように黙る。

「えー、教えてよ」

わたしはなんだか変なテンションになってしまう。

「さあね」

彼の答えはどこまでもそっけないけど、わたしはなぜか妙に嬉しかった。

「ずっと避けられてると思ってたのよ。良かったわ。やっぱり人から嫌われるのは悲しいもの」

「嫌ってないって言っただろ」

「ええ、そうね。ありがとう。ちなみに、わたしだって柚木のこと嫌いじゃないわよ」

むしろ好きよ、とつい言ってしまいそうになり、慌てて口を閉じる。

「……そうか」

「そうよ。かっこいいなって思ってるし」

「ほう」

心なしか柚木の顔がほころんだように見えた。

ただ、わたしは酔っぱらっているので、気のせいかもしれない。間違ってなければいいなと思った。

「――もうお腹いっぱい」

空になった皿を積み上げ、少し膨らんだ胃をさする。

「さすがにそれだけ食えばな」

呆れ声の柚木を無視して、伝票を持って立ち上がった。途端、ふらっと体が揺れる。

「おっと」

柚木にさっと支えられ、なんとか体勢を保つ。

「あれ？　なんかふらふらする」

「酔っぱらってるからだ。待ってろ」

彼がわたしをまた座らせ、伝票を奪って会計に行ってしまった。

「待ってよ。わたしが払うんだから」

そう叫んでも、前を向いたまま手をひらひらと振る。

おごるつもりがおごられてしまった。お礼は、またなにか考えないと。

それにしても、酔っぱらうとこんなふうになっちゃうのね。

少し動いただけで頭がふわふわだ。

「大丈夫か？」

ぼんやりしていると、いつの間にか柚木が戻ってきていた。

「だいじょうぶー」

立ち上がろうとしたものの、体に力が入らない。

「ありゃ」

「ったく」

わたしの情けない声と柚木の呆れた声が重なった。

「ほら」

彼がさっとわたしを立ち上がらせる。半分抱きかかえられるような格好で店を出た。

幸い店からマンションまではすぐ近くだ。

「歩けるわよ」

「そうかそうか」

柚木にかかえられて、歩くというより浮きながら移動する。夏真っ盛りの暑い季節なのに、彼の体の熱が心地良い。

あっと言う間にマンションに着き、エントランスに入る。出迎えたコンシェルジュの声が聞こえたけれど、内容までは頭に入ってこなかった。

柚木はわたしを抱きかかえたままエレベーターに乗り込む。部屋まで送ってくれるのだろう。

「桃井、鍵は？」

「ん？　なに？」

「鍵だよ、部屋の鍵」

いつの間にか自分の部屋の前に着いていたようだ。

「あー、鍵ね。えっと、どこかしら」

彼の腕から離れ、よろよろする体を玄関の扉で支えて鞄を探《さぐ》った。

「あ、あった。けど、きもちわる……」

下を向いたせいか、なんだか吐きけがする。

「お、おいっ。大丈夫かっ」

鍵を受け取った柚木が、焦って扉を開けた。そのままわたしをかかえて部屋の中まで運ぶ。

「いてっ」

手探《てさぐ》りで照明のスイッチを探していた彼が、なにかにぶつかったらしい。

なんか置いてたっけなあ。

そんなことを考えていたら、部屋の明かりがパッとついた。さっき彼がぶつかったのは、床に積んであった科学雑誌のようだ。

「……殺風景なんだか、散らかってるのか、わからん部屋だな」

柚木がぼそっと言う。

リビングにはソファとダイニングテーブルしかない。そのダイニングテーブルはテレビを兼用したデスクトップパソコンで半分埋まっていた。

先週末にざっと片づけていたので、普段の散らかり具合と比べると、全然マシな状態ではある。床に散らばった雑誌とソファに積まれた服は、デフォルトだ。

「水でも飲むか？」

柚木の問いに頷《うなず》くと、彼はキッチンに移動した。流しにあったマグカップに水を汲《く》んで戻ってくる。

わたしは、それを受け取り一口飲む。冷たい水のおかげで気分が少し良くなった。

「大丈夫か？」

「……なんとか」

マグカップを柚木に渡し、ソファの手すりにもたれる。積まれた洋服の上に座ってい
たが、今はまだ動けない。

マグカップをキッチンに置いて、柚木が戻ってきた。

「女性の部屋にしては、シンプルだな。物は多いが」

「最後のは余計よ。まあ、女子力ないってよく言われるけどね」

「……誰に？」

柚木の表情が強張《こわば》った気がする。

「元カレとかよ」

「彼氏がいたのか!?」

ぎょっとした顔で言った。

なによ、その驚きは。

「失礼ね。いたわよ、普通に。わたしだってまあまあモテるんだから。……でも、わた
しってつまらないいんですって。研究ばっかりで、煤《すす》や油で汚れても平気だなんて、頭が
おかしいって」

「そんなことを言われたのか？」

柚木が目を見開く。その反応が少し嬉しかった。

なんだか照れくさくなり、ごまかすみたいに肩をすくめる。

「まあね。でも事実だし」

女子力がないことも、変わっていることも自覚している。わかってはいるが、変える気はないのだ。

柚木は静かな目でこちらを見つめた。

「おかしくなんかない。自分で言ったじゃないか。自分の開発が他人を救っているって。その通りじゃないか。そんなことができる人間は少ない。もっと誇りを持てよ」

今度はわたしが驚く番だ。

そんなふうに言われたことは今までなかった。

「……そうね。ありがとう。でも、男の人が眉を顰《ひそ》めるのも理解できるのよ。ただ、自分が変わるのはきっと無理だから、そんなことは気にならない心の広い男の人が現れるのを待ってるわ」

それが柚木だったら良いなって、思っていたりするのだけど……

自分なりに和《なご》ませようとしたつもりだったけど、彼は真面目な顔つきだった。

「……俺は気にならない」

「え？　……そうなの？」

「そうだ」

彼はわたしの隣に座り、顔を近づけてくる。間近で見たその顔は、ずっと真剣なままだ。

「俺は酔ってない」

「そうね。お茶しか飲んでいないもの。わたしは酔ってるけど」

「自分のしていることは、わかっている」

「そう？」

わたしにはまったくわからない。

どうしてこんなに近くに柚木がいるんだろう。

それにしても、やっぱりきれいな顔をしているのね。

柚木はずるい。こんなにイケメンで、強くて、モテモテで。もしわたしが男だったら、嫉妬《しっと》するかもしれない。

でもわたしは女性なので、この感情が嫉妬《しっと》でないことはわかっていた。

やっぱりわたし、柚木が好きだわ。

柚木の顔をじっと見つめる。彼の手がわたしの頬《ほお》に触れた。

その手は大きくて、わたしの顔をすっぽりと包み込んでしまう。

　自然に顔を傾けると、彼の顔がさらに近づいた。

「逃げないのか？」

「どうして？」

「逃げるなら今だ」

「逃げたくないわ」

　自分のその返事がなにを意味していたのか、正確に理解してはいなかったけれど、なにが起こっても後悔しない確信はあった。

　柚木の唇がすぐ目の前にある。そこから目をそらせなくて、じっと見つめる。柚木が息を呑むのがわかった。

「何時だ？」

「え？」

「今、何時だ？」

「さあ。二十三時くらい？」

　二十四時は超えていないだろうとは思うけど、いかんせん酔っているのでわからない。彼のほうがしっかりしているはずなのに、なぜわたしに聞くんだろう。

「俺の今日の終業時刻は二十二時半だ」

「そうなんだ。じゃあ今は残業中ね」

「いや、プライベートだ」

わたしの唇の数センチ前で柚木の唇が動いたかと思うと、さらに近づいた。反射的に目を閉じたのと同時に、唇が重なる。

柔らかい。

柚木の唇は柔らかかった。

どうして柚木にキスをされているのかしら?

そんな思いが頭を過《よぎ》り、すぐになにも考えられなくなる。

唇を重ねたまま、柚木の腕がわたしの体に回った。そのままソファに押しつけられ、二人で抱き合った状態で転がる。

重なった唇の隙間から、彼の舌が差し込まれた。なんのためらいもなく口を開き、それを受け入れる。

彼の舌が口の中を探《さぐ》り、歯列を舐め、わたしの舌を絡めて吸い上げる。

驚くほど親密な行為に、心臓が跳ねた。

押しつけられる力は強くて、身動きが取れない。口も塞《ふさ》がれて苦しいはずなのに、執《しつ》拗《よう》に求められるようなキスに気持ちが昂《たかぶ》った。

繰り返される刺激で、頭の中がぽーっとしてきて、体の中に熱が生まれる。

これはお酒のせいだけじゃない。まだ酔ってはいるけれど、それだけはわかる。

自分からも舌を絡め、彼の首に腕を回してぎゅっと抱きついた。

がっちりとした肩を撫で、広い背中に手を這《は》わせる。

重なった体に心臓の鼓動《こどう》が響き、繰り返すキスで呼吸が荒くなった。それは柚木も同じで、二人の荒い息遣いが部屋中に響く。

もっと近づきたくて、彼のシャツの裾《すそ》から手を入れ、素肌を探《さぐ》った。初めて触った素肌は滑《なめ》らかで、ほど良く引きしまっている。

「くっ」

唇の隙間から柚木の声が洩《も》れた。

わたしを抱きしめる腕の力が強くなり、わたしの服の下から彼の手が滑り込んでくる。

その手のひらは温かく、肌を撫でる動きはうっとりするほど優しい。

わたしは柚木の背中をぎゅっと掴み、差し込まれた舌を強く吸った。唇の端《はし》から溢《あふ》れた唾液が伝っていく。

キスだけでこんなに気持ち良くなるなんて……

ぞわぞわとした、なんとも言えない感覚に、体の中心がさらに熱くなってきた。

「ベッドはどこだ？」

キスの合間に柚木が言った。

ベッド？　ベッドはどこだったかしら？

混乱する頭をなんとか落ち着かせる。

「と、隣」

答えるのとほぼ同時に抱き上げられた。あまりにも軽々とかかえるので、宙に浮いているような感覚だ。

わたしは彼の首に腕を回して自分から抱きついた。落ちそうになったのではない、ただ単に離れたくなかったのだ。

彼はわたしを抱いたまま、寝室へ入る。

寝室にはベッドだけがぽつんと置かれている。照明はついていないけれど、月明かりでほんのり明るい。

柚木はまっすぐベッドを目指し、その上にわたしを下ろすと、自分のネクタイを引きちぎる勢いで外した。わたしも慌てて自分の服を脱ぐ。

暗い寝室に柚木の裸が浮かび上がる。どこまでも引きしまっていて、彫像のようだ。

なんだか目をそらせなくて、じっと見つめた。それは彼も同じみたいで、ベッドの上で下着姿になったわたしを見つめている。

その目には欲望が見え隠れしていた。自分にそんな影響力があるのかと思うと、不思議な気分だ。

「随分、白いな……」

少し掠《かす》れた声で柚木が言った。

「あんまり外に出ないから」

小さな声で答えると、彼の手が伸びてきて、その手がわたしの胸から下着を取り払う。

反射的に腕で胸を隠すと、盛り上がった胸の上を彼の指先が押した。

「んっ」

思わず出た声に、彼の喉がゴクッと動く。その目はランランと輝いていた。欲望を隠さない視線に、わたしも息を呑む。

ギシッとベッドがきしみ、次の瞬間には柚木の腕の中にいた。

裸のまま、ぎゅっと抱き合う。満員電車の中で抱き合っているのとは、まったく違う感覚だ。彼の肌は硬く引きしまり、そして熱かった。

「柚木の体は、随分熱いのね」

声に出して言うと、柚木は低く笑った。

「お前だってすぐに熱くなる。俺が熱くさせてやる」

そのまま二人でベッドに倒れ込む。顔を上げるとすぐ目の前に柚木の顔があった。

「志乃」

彼の口からわたしの名前が出たのは初めてかもしれない。

自分の名前を呼ばれるだけで、彼の宣言通り体が熱くなる。

そのままじっと見つめていると、柚木の顔が近づいてきた。キスがまた始まる。何度も角度を変えて、さっきよりもさらに深いキスになる。舌が動くたびに水音を生み、それに荒い息遣いが混ざって、自分がどんどん興奮してきているのがわかった。彼の背中に腕を回して抱きつき、キスを続ける。

舌を絡めるごとに、熱が上がる。脚の間がじんと熱くなり、無意識に体を揺らしていた。

柚木の手がわたしの全身を這《は》う。肩から腕を伝い、わき腹から胸へ移動する。露《あら》わになった胸に彼の手が重なった。

「んんっ、ま、待ってっ」

一瞬だけ口を離して洩《も》れた声は、自分でも驚くほど女性らしい。

「だめだ。待てない。今すぐ触れなければ」

柚木はすぐさま唇を塞《ふさ》ぎ咬《か》みつくようなキスをする。

彼の指先は胸の先を愛撫し、そこから痺《しび》れにも似た刺激が走った。自然と動く体は彼に優しく押さえられている。

キスが終わり彼の唇が移動した。首筋から胸を伝い、すでに硬くなっている先端を口に含んで強く吸う。

「ああっ」

強い刺激に体が跳ね、わたしは柚木の頭を抱きかかえてぎゅっと目を閉じた。

「おまえの体は、どこまでも白くて柔らかいな」

片方の胸は手で優しく揉《も》まれ、もう片方は唇と舌で愛撫されている。

「あんっ、だめっ」

ぎゅっと強く吸われるたび、声が洩《も》れ出す。体の中が熱くなり、閉じていた脚の間に柚木の脚が割り入った。

彼の手が素早く移動して、脚の間の湿った場所を覆《おお》う。長い指がそっと襞をなぞり、新たな刺激をわたしに与えた。

「やんっ」

びくんと大きく跳ねると、胸から顔を上げた柚木がまた、唇にキスをしてきた。

「んんっ」

またしても咬《か》みつかれるみたいなキスだ。

いつもは冷静な彼が、なんだか必死になっているような気がする。でも焦っているのはわたしも同じかもしれない。

そんなキスを続けながらも、そこへの愛撫は続いた。

指が襞を広げ、蜜を溢《あふ》れさせているそこを露《あら》わにする。長い指がじわじわと少しずつ沈み、たとえようのない感覚に、わたしは目を見開いた。

刺激に慣れていないそこは、ほんの少し触れただけでも、ジンジンと痺《しび》れるようだ。指がゆっくりと内側に入り込んでくるのがわかる。そして別の指が敏感な突起をぎゅっと押した。

「あぁっ」

電気が走るような強い刺激に、体が跳ねた。

柚木の指はリズムを刻むみたいにぎゅっぎゅっとそこを押していく。体の中からまたどっと蜜が溢《あふ》れ、彼の指をびしょびしょに濡らした。それが潤滑油の役割を果たし、指はさっきよりも滑《なめ》らかに動く。

与えられる愛撫に体が痺《しび》れる。久しく感じたことのない感覚だ。

柚木の背中を抱く指に力が入った。もしかしたら彼の肌に傷をつけたかもしれないけれど、今は気を使えない。彼の体にぎゅっとしがみつき、快感に身を任せた。

「ゆ、柚木ぃ……」

わたしが名前を呼んだからか、愛撫をつづけたまま柚木がわたしの額《ひたい》にキスをした。

指の動きはさらに速くなり、部屋にくちゅくちゅと恥ずかしい音が響き渡る。敏感な突起を何度もいじられ、痺《しび》れに似た快感が体を駆け抜けた。

「あぁっっ」

びくびくと跳ねる体を優しく押さえられる。

心臓があり得ないほど速く動く。甘い痺《しび》れが全身を覆《おお》っているようだ。わたしの中心はびっしょりと濡れ、それが太ももにも伝っていることがわかる。彼の指はまだわたしの中にあって、ゆっくりと内側を探《さぐ》るように動いていた。

「待ってろ」

掠《かす》れた声でそう言い、彼はそっと指を引き抜く。そしてベッドの横に脱ぎ捨てた服を探《さぐ》った。それを横目で見ながら、わたしは急に失った体温が恋しくなる。

ぎゅっと目を閉じ、寝返りを打って窓のほうを向いた。レースのカーテン越しに入ってくる月明かりが、瞼《まぶた》の裏を照らしている。

カサカサと音が聞こえ、またベッドがきしむ。少し間が空いたあと、背中に柚木の胸が当たり、そのまま抱き寄せられた。首の後ろにキスをされ、甘く咬《か》まれる。

後ろから回ってきた手が片方の胸を包んだ。もう一つの手は脚の間に入り込み、まだ痺《しび》れが残っているそこに指で新しい刺激を与える。

「あんっ……待ってっ」

「待てないって言ったろ」

またさらにそこが濡れ始めた頃、柚木がわたしの耳にキスをした。舌が耳の中に入り込む。耳たぶを甘噛みされ、今までとは違う刺激を感じた。

「う……んんっ」

身をよじろうにも、彼にがっちりと捕まえられているから、ほとんど動けない。耳と、胸と、脚の間と、あちこちから与えられる刺激で、頭の中が真っ白になりそうだ。

「あんっ」

彼の長い指がぐっと内側に入ってきた。中を刺激しながら、痛いくらい敏感になっている突起を別の指が捏《こ》ねるように愛撫する。

「ああっ、だめっ」

自分の手で彼の指を押さえようとしたけど、刺激が強すぎてそれすらもできない。

「ああもうっ。き、気持ちいいっ……」

うつ伏せになって自分の体をベッドに押しつけ、目をぎゅっと閉じた。後ろから覆《おお》い被さってきた柚木がわたしの顔を横向きにする。そして、唇が重なった。

強引な体勢。苦しいのに、気持ち良くってたまらない。

徐々に高まっていく快感は、あっという間にわたしを高みへ押し上げた。

「うっ、ううっっ……」

ビクビクと体が震える。

重なった素肌はお互いに汗ばんでいて、ぴったりとくっつく。溢《あふ》れた唾液と絶え間なく湧き続ける愛液が、さらに二人を濡らした。

柚木が一旦起き上がり、わたしの体をゆっくりと仰向けにする。見上げた彼の目は、あきらかに興奮していた。

わたしもきっと、同じような目で柚木を見ているのだろう。

お互いが求め合っていることがあからさまにわかる。

柚木がそっとわたしの脚を広げた。まだ熱く疼《うず》き、たっぷりと濡れたそこが露《あら》わになり、恥ずかしいのか興奮しているのか、わからなくなる。

彼はそこをじっと見つめ、ゆっくりと手を伸ばして指先でそっとなぞった。

「ん……」

その指がまたゆっくりと沈み、中から溢《あふ》れ出る蜜をかき出す。

今まで一本だった指が二本に増えた。

指が出し入れされるたび、苦しくなるけど、たっぷりと濡れているせいか、徐々にその痛みが薄れていく。強く擦《こす》られ、刺激が快感に変わってきた。

「痛くないか？」

柚木の問いに、頷《うなず》きで答える。

彼は指をそのままにして、広げた脚の間に体を収めた。昂《たかぶ》りを太ももの内側に感じる。

それは熱くて硬くて、自然と期待が高まった。

わたしの濡れたそこに、昂《たかぶ》りが触れる。指と入れ替わるように、先端が押しつけられ、ゆっくりと体を開かれた。

押し広げられる感覚に、反射的に腰が逃げそうになる。

「ううっ……」

思わず呻《うめ》き声が出た。快楽とは違う、苦しみの声だ。

そんなわたしの頬《ほお》を柚木の手が撫でる。

「やめるか？」

眉を顰《ひそ》めて言った。

「いやっ、やめないで」

ふるふると首を振るわたしに、彼はホッとしたような表情になる。

「良かった。嫌だと言われても止められなかったからな。ゆっくりやろう……」

わたしの顔をじっと見ながら言い、言葉通りゆっくりと腰を押し進めてきた。少しずつつながるごとに、柚木の顔が歪《ゆが》み額《ひたい》に汗が滲《にじ》む。

わたしは腕を伸ばして彼の顔を引き寄せた。彼の体が近づいてくるのと同じくらいのスピードで、柚木とわたしの体がつながっていく。

そして、わたしが目を閉じるのと同時に唇が重なった。

強く舌を吸われ、彼がさらに深く入ってくる。

「ううっっ」

ズンと軽い衝撃が走った。押しつけられた体の重みで、わたしはベッドに沈み込む。

それでもまだ全部は入りきっていない。柚木のそれは大きくて、久しく男性を受け入れていないわたしにはかなり苦しかった。

「……大丈夫か？」

少し荒い息を吐きつつ、彼が言う。

「ええ、……なんとか」

そう答えると、柚木は頷《うなず》き、宥《なだ》めるようにキスをしてくれた。そのキスは濃厚で、束の間痛みを忘れる。

うっとりとキスを続けた。彼はつながった部分を指で撫で、そのまま敏感な突起に愛撫を与える。

「ああっ」

突然の痺《しび》れるような刺激に、またどっと蜜が溢《あふ》れる。同時に柚木のそれがさらに奥深くまで入ってきて、子宮の入り口をついた。

ぴったりとつながった体。汗ばんだ胸と胸、心臓の鼓動《こどう》が、重なる。キスはさらに深さを増し、唾液が唇の端《はし》を伝って流れた。

柚木の背中に腕を回して抱きつくと、それが合図になって彼がゆっくりと腰を動かす。

「んんっ」

彼が動くたび、これまでとは違う刺激を与えられた。

苦しいはずなのに、それを上回る快感に頭が痺《しび》れる。擦《こす》られた部分は熱を持ち、快感がさざ波のように訪れる。

「あぁっ」

無意識の嬌声《きょうせい》が溢《あふ》れ出た。

その間も、彼の腰はガツガツとわたしの体に当たっている。中を刺激され、襞を擦《こす》られ、激しく焼けつく快感が何度も訪れた。

「し、志乃っ、……志乃」

柚木の口からわたしの名前が洩《も》れる。まるで全身全霊で求めているみたいな、絞り出すような声だ。

こんな時に名前を呼ぶなんて……

わたしの内側からさらに愛液が湧き、ぐちゃぐちゃと音を立てた。耳からも刺激を受ける。

「あぁっ、あんっ、だめっ、だめ……」

「もっとだ、もっと欲しい」

彼がうわ言のように呟《つぶや》き、その言葉通り、何度も何度もわたしを突き上げる。

自然と持ち上がった腰が、彼と同じ動きを始めた。それが恥ずかしいと思う余裕など、もうない。彼にもらったのと同じ快感を、わたしも彼に与えたかった。

気持ち良くって死にそう……

「ああっ、だめっ、イッちゃう」

「いいぞ。俺をもっと締めつけてくれ」

一度イキそうになった体は止まらない。柚木の動きに合わせるように腰を揺らし、わたしはあっと言う間に高みへ上《のぼ》る。

「っああ」

内側が彼をぎゅっと締めつけたのが自分でもわかった。

体から汗が噴き出し、彼の背中に回っていた腕が力を失ってベッドの上にぱたりと落ちる。

柚木が動きをゆっくりとしたものに変え、わたしの体をぎゅっと抱きしめた。

「もうダウンか？」

からかうような口調で、耳元で囁《ささや》く。

「まさか……休憩よ」

そう答えたけど、わたしはダウン寸前だ。

わたしの中で、柚木はまだ硬さを失ってはいない。楔《くさび》みたいにわたしの体を貫《つらぬ》いている。つながった部分が、今も熱い。

ふいに柚木が動きを止め、わたしの中からするりと抜けた。そのまま起き上がる。

「あ……」

急激に失われた熱を求めて腕を伸ばすと、そのまま引き上げられた。胡坐《あぐら》をかいた柚木の膝の上に座らされる。

下から、まだ硬さを失っていない柚木自身が入ってきた。

「まだ全然足りない」

「ああ……」

重力のせいか、今度はすんなりとそれを受け入れ、ぴたりと重なる。強い刺激が走り、思わず彼にしがみついた。

彼はわたしの体をぎゅっと抱きしめ、器用に突き上げてくる。

「あっ、あっ、ううっ」

言葉にならない声が溢《あふ》れた。ベッドが同じリズムでギシギシと音を立て、またぐちゅぐちゅと水音が響く。

わたしは柚木にしがみつき、その動きに合わせて揺れた。つながった場所が擦《こす》れて、さらに快感が増す。

「ああ、すごい……」

こぼれたわたしの言葉に応えるように、柚木が耳元にキスをしながら囁《ささや》く。

「志乃……苦しくないか?」

　ざらりとした声は、やけに色っぽい。男性に対して使う言葉ではないけれど、今の彼は色気に溢《あふ》れている。

「ううん……気持ちいい、すごく」

　答えると、抱きしめる腕の力が強くなった。

「俺も。……ずっと、お前が欲しかった。俺のものだ、俺だけの」

　一瞬なにを言っているのかわからなかった。けれど——

　求められていたんだ。ずっと前から。

　そう思った途端、涙が出そうになる。

「ん……」

　またキスで口を塞《ふさ》がれた。

　柚木は、わたしのお尻を持ち上げるようにぎゅっと掴み、下から突き上げる。

「ううっ」

　その動きは速さを増し、ベッドをきしませた。

　時々動きを止めて、お尻を掴んだままゴリゴリと体を押しつけてくる。そのたびに別の快感が生まれ、わたしの口から意味のない声が洩《も》れた。

　彼の舌が口の中を動き回り、吸い上げる。体の奥では、熱い塊《かたまり》が内壁を擦《こす》っていた。

「んんっ……んっ」

なにもかもがつながっていた。体温が交じり、溶け合うような感覚に陥《おちい》る。

お互いにぎゅっと押しつけ合って、さらに密着した。

「くっ……」

柚木が苦しそうな声を出す。そしてまた体勢を変え、つながったままベッドに倒れ込む。

「ああっっ」

反動でさらに奥を抉《えぐ》られる。強い衝撃に息が止まりそうだ。

柚木は上半身を起こすと、わたしの脚を大きく広げた。つながった部分が彼の視線に晒《さら》される。

彼はゆっくりと腰を動かして彼自身をギリギリまで引き出したかと思えば、一気に奥深くまで沈めた。

「あんっ！　あっ、あああっ……」

ずんずんと大きく何度も突かれている。脚を広げているからか、これまでよりもさらに奥へ入り込まれているみたいだ。

「志乃、志乃」

柚木はわたしの脚を持ったまま、何度も何度も強く突き上げた。与えられた刺激は強力で、もう心臓が持たない。

わたしはなんとか目を開けて柚木の顔を見た。無心になって腰を振り続ける彼の顔は、見るからに興奮していて、まっすぐにわたしの顔を捉《とら》えている。

「もっと俺を奪ってくれ」

懇願するように彼が言った。

全身でわたしの体をがっちりと掴んでいる。逃げるわけないのに、まるでそれを恐れているみたいだ。

わたしはどこにも行かない。いいえ、ずっと彼の腕の中にいたいと思っているのに。目をぎゅっと閉じて、与えられた快感に身を委《ゆだ》ねる。それはあまりにも強くて、心臓が壊れそうだ。

柚木の指がまたしてもつながった部分に触れた。その指はわたしのぷっくりと膨らんだ突起をぎゅっとつまむ。

「あっっ」

痺《しび》れるほどの快感に、腰が自然と浮き上がる。そんなわたしにはお構いなしに、彼の指はリズミカルに突起を愛撫し続けた。

何度目になるのかわからない絶頂が、目の前まで来る。

「ああっ、怖いっ。またイッちゃう……」

「怖くないさ。何度でもイケよ。俺がずっと支えてやる」

柚木の低い声が耳元で聞こえる。

そして、言葉通り体を倒して、彼は片腕でわたしの体をぎゅっと抱きしめた。

「俺だけだ……」

うわ言のように呟《つぶや》く。

「これからは、俺だけだ。俺だけ」

言いながら、彼は腰の動きを強めていく。それに応えるように、わたしの内側が彼を締めつける。腰を持ち上げ、さらなる快感の波に自分から飛び込む。

「一緒に行くぞ」

柚木の荒い声がした。

「ああっ、も、もうっ……」

閉じた目の中がちかちかと光り、わたしの中で快感が弾《はじ》けた。その数秒後、柚木の体がぶるっと震える。

「くっ……」

彼はわたしの一番奥深くまで入り込み、何度か強く突いたあと、そこで絶頂を迎えた。

彼のそれがビクビクと震える。汗がどっと噴き出し、わたしの中からはまだ愛液が溢《あふ》れ出す。

柚木の体がゆっくりと倒れてきた。

「俺だけのものだ……」

囁《ささや》くように言った。

「……そうね。その通りよ」

同じように掠《かす》れた声で答える。二人でお互いを受け止めるように背中を抱きしめ、そっと撫で合った。

まだつながったままだから、彼のそれが時々ビクビクと震えているのがわかる。

まだ離れたくない。

少しでも動いたら柚木がいなくなってしまいそうで、しがみつきたいのを我慢しつつ、その背中を撫で続けた。

どれくらい時間が経ったのか。荒れくるっていた心臓が、少しずつ落ち着きを取り戻し始めた。柚木の手の動きが気持ち良くって、徐々に眠気を誘われる。

わたしは彼を中に感じたまま、すとんと眠りに落ちてしまった。

だから、柚木がそっと体を離したのにも、そのあとわたしを抱きしめて眠ったことにも、翌朝、目が覚めるまでまったく気がつかなかった。

9

かつてここまで気まずい朝があっただろうか。

わたしの約三十年の人生を振り返っても、ない。

日常、ほとんどお酒を飲まないわたしだけど、元々の体質なのか、酔いはとっくのうに醒めている。具体的に言うと、柚木とベッドになだれ込んだ時には、ほぼしらふだった。

当然、朝、目が覚める前からこの状態をしっかりと理解している。

遮光カーテンを閉め忘れた窓から、昇り始めた太陽の日差しがうっすらと入り込んでいた。部屋の中は、二十四時間エアコンをつけっぱなしなので快適な温度だ。

いつも休日の朝はのんびりと朝寝坊を楽しむんだけど、今はわたしの背中にぴたりとくっついている熱源が気になって仕方がない。

心地良い重みとともに、体の上に柚木の腕が乗っている。規則正しい寝息が背後から聞こえた。当然のことながら、二人とも素っ裸だ。

男の人の肌がこんなにすべすべしているとは知らなかった。これが男性全般のことなのか、柚木限定なのか、男性経験が少ないからわからない。

彼は体を鍛えているので、どこもかしこも引きしまっている。

ついつい無意識に彼の腕を撫でていることは、今のところ本人にばれていないようだ。

眠っている間に治まっていたドキドキがまた戻ってきた。脚の間はまだジンジンと痺《しび》れている。

……やってしまった。恋人でもなんでもない柚木と。

これってどういうこと？　大人の関係ってやつ？

こんな体験、自分には無縁だと思っていたのに。

そもそも柚木のことは好きだから、わたし自身は今回のことに後悔も嫌悪もまったく感じていない。あの時、確かにああなることを望んでいたのだ。もし彼が動かなかったら、自分から誘ったかもしれない。

太陽はさらに昇り、部屋の中も少しずつ明るさを増していく。体に回る腕を無意識に撫でていた時、背中にぴったりとくっついている柚木が身じろぎをした。

とっさのことで寝たふりもできなかったせいで、彼はわたしが起きている気配を察しているようだ。

「……何時だ？」

低く掠《かす》れた声が体に響く。

「六時前くらいかしら」

空の明るさから推測する。ほぼ合っているはずだ。

「俺は帰るから、お前は寝てろよ」

柚木が言い、むっくりと起き上がった。

休日に起きるには早い時間だし顔を合わせるのが気恥ずかしいので、お言葉に甘えて寝ようかと思ったところで、わたしのお腹がぐうーと鳴る。

「……あれだけ食べたくせに、もう腹が減ったのか？」

「燃費が悪いのよ」

呆れたような彼の声を聞きながら、自分も起き上がった。なんだか、頭もぼさぼさだし、体もべたべたする。

柚木も同じだろう。

「ねえ。帰る前にシャワーでも浴びたら？　わたしもコンビニで朝ご飯を買うついでに下まで一緒に行くわ」

「そうだな。そうさせてもらうよ」

先にわたしがシャワーを浴び、すぐに出る。交代で彼が入っている間に、簡単な身支度をした。

鏡に向かって半分乾かした髪を梳《す》くけど、まともに自分の顔が見られない。お風呂場の鏡に映ったわたしの体には、いつの間についたのか、いわゆるキスマークが散らばっている。

顔が火照《ほて》っているように見えるのは、シャワーを浴びたせいなのか、夕べの名残《なごり》なのかわからないけど、自分の中の〝女性〟の部分が見え隠れして、なんとも言えない気持ちになった。

まともに見られないのは自分の顔だけじゃなく、柚木の顔もそうだ。それは彼も同じみたいで、シャワーから出てきて帰り支度をする間も、ほとんど視線を合わせることなく無言だった。

ただそれは全然嫌な雰囲気ではない。なんとなくお互いに照れている。そんな感じだ。

「出られるか？」

「ええ」

昨日と同じ格好になった柚木と、生乾きの髪を軽くまとめ上げていつも以上にラフな服を着たわたしは、部屋を出てエレベーターで階下まで行く。

コンシェルジュが不思議そうな顔をしている気がして、恥ずかしいので足早に外へ出た。そしてマンションのすぐ近くにあるコンビニの前で足を止める。

「じゃあ……月曜日、また朝に迎えに来る」

柚木が言う。

「うん」

わたしは答えた。

二人とも言葉を忘れてしまったみたいで、まるでつきあい始めたばかりの中学生のようだ。

……って、あれ？　わたしたち、つきあってる？

いやいや、そもそも告白すらしていないのだから、それ以前の問題だ。

わたしは好きだけど、柚木はどうなのかしら？

昨日の夜あれこれしゃべった内容を、すぐには思い出せない。

大人の関係って、説明しづらいものなのね。中途半端な状況に落ち着かなくなる。

二人してもじもじしていた時、コンビニの自動ドアが開く音がした。

「おやおや。最近のボディガードは護衛対象と一晩中一緒にいるのかい？」

嘲笑《ちょうしょう》の混じった声に、柚木がさっと動いてわたしを背中に隠した。そこからそっと覗《のぞ》いてみる。コンビニから出てきたのは、以前公園でわたしに声をかけてきたあの男だ。

「あら、あなた」

思わず前に出そうになったわたしを柚木が遮《さえぎ》り、また背中に庇《かば》う。

「そんな怖い顔しなくても。休日の朝からなにもしやしないよ。あんたじゃあるまいし」

意味ありげな顔で男が柚木を見る。柚木の背中が強張《こわば》ったように感じた。

「立場ってものを、お互いにわきまえようじゃないか。だろう？」

男の顔も柚木の顔も見えない。けれど、柚木の様子がどんどん変わっていくのがわかった。

男は言葉通り、なにもせずに去っていく。それでもわたしの不安は消えない。後ろからそっと柚木の顔を見上げた。

その顔にさっきまでのアンニュイな雰囲気は一切ない。そこにあるのは、正真正銘ボディガードの顔だ。

「俺の失態だ。あんなこと、するべきじゃなかった」

吐き捨てるような彼の口調に、わたしの胸がズキッと痛む。

「悪かった。昨夜のことは忘れてくれ。この問題に、もっと集中しなければ」

最後は独り言みたいに呟《つぶや》き、柚木はわたしをコンビニの中に押し込んで、挨拶もそこそこに帰っていった。

残されたわたしは、バカみたいにその場に突っ立ったままだ。

え……なにがどうなったの？

あまりの展開の速さに、頭がついていかない。

わかっているのは、あれは間違いだったと、柚木が断言したことだけだ。

まるで頭を殴られたみたいに、ショックを受ける。お腹が空《す》いていたはずなのに、食欲までなくなってしまった。

それでもお菓子と飲み物だけは買ってコンビニを出る。

ふらふらとマンションに戻り、自分の部屋に戻った。コンビニの袋をリビングのソファの上に置くと、そのまま寝室に行き、ベッドに倒れ込む。

シーツから自分のとは違う匂いがする。柚木の匂いだ。その匂いを吸い込んだら、なぜか涙が出てきた。

いったい、なにがどうなっているの？

つきあう前に振られたとか、そういうこと？　いや、告白もされていないんだから、そもそもが違う。

あったことをなかったことにするのは、わたしには難しい。でもそれが柚木にとって後悔しかない出来事なら、仕方がないのかもしれなかった。

わたしのことが好きとか、そういう話じゃなかったのかな。

こんなはずじゃなかった、なんて言葉が頭を過《よぎ》る。

自分がどうしたかったのか。なにを期待していたのか、うまく説明できない。

ただひたすらこの涙の意味を自分なりに考え続けた。

週末まるまる、柚木のことを考えたが、わたしはなんの答えも出せていなかった。

当たり前か。わたし自身が、起こったことを正確に把握していないのだから。

いや、なにがあったのかはちゃんと覚えている。事実認定はできているのだ。

でも、そこに加わる感情がわからない。柚木の気持ちが。

料理や実験のように、すべての材料が出揃っていないため、なにも完成しないのだ。

柚木に聞いてみようか。

いや、そもそもなにを聞くの？

わたしのことが好きなの？　好きじゃないのに、ああいうことをしたの？

そんなこと、到底聞けそうにない。

そんな変な気持ちをかかえたまま、月曜日の朝になった。とりあえずいつものように支度をして、階下に向かう。

柚木はこれまで通り、同じ場所で待っていた。

「お、おはよう……」

「おはよう」

「……」

「……」

き、気まずい。

彼の表情はあまり変わらない。むっつりと押し黙っているところは、普段と同じに見える。でも、やはり今までとは少し違う。

目に見えないオーラがわたしを拒絶しているみたいだ。

週末のことを話せる雰囲気は、一切なかった。

「行きましょうか」

わたしは呟《つぶや》くように言って、歩き出す。

コンシェルジュに挨拶をしてマンションを出た。そのまま駅までの短い距離を進む。

歩きながら違和感を覚えたけど、原因はわからなかった。

駅に着いて混んだ電車に乗り込む。彼はわたしの腕を掴んで中ほどまで進み、車両連結部近くにわたしを押し込んでその前に立った。

あれ？　抱きしめてもくれないの？

いや、別にそれを待っているわけじゃないけど……。いや、待っているかもしれないけど。

いつも目の前にあった胸が背中に代わり、守ってくれていた腕は冷たい壁に代わった。

柚木の顔も見えなくて、なんだかぽっかりと開いた穴の中に落ちたみたいだ。ものすごく寂しい。

週末から続いているなんとも言えない気持ちがさらに深くなる。

電車を降り駅を出て、会社までの道すがら、違和感の正体にようやく気がついた。

柚木が隣を歩いていない。

本来のボディガードらしく、わたしの一歩後ろをぴったりとついて歩いている。この位置がわたしたちの本当の距離なんだと、改めて突きつけてきているようだ。

会社に着き、自分のラボに入り、いつものようにさくらが明るい挨拶で出迎えてくれて、わたしはようやくホッとした。

「おはようございます！　カチョー」

「おはよう」

「柚木さんもおはようございます」

見えない背後で、柚木が頷《うなず》いたようだ。そしてそのあとは、部屋の入り口近くに安藤さんと並んで立っていた。

盗み見るように様子を窺《うかが》う。無表情なまま、どこを見ているかもわからない。まるで空気になったみたいに、彼は一切の気配を消そうとしていた。

いったいどうしてこうなったのか。

男心ってさっぱりわからない。いや、女心もわからないけどさ。

まがりなりにも、一夜をともにした次の日から、あんなふうになる？

あの時、あの男と話してから変わってしまった彼の態度に、わたしはどう対応したらいいのか戸惑《とまど》っていた。本人に聞こうにも、一切を拒絶している気配に、なにも言えない。

これはわたしの人生の経験値が低すぎるせいなのだろうか。もっと普通の人なら、彼の態度の意味がわかるの？

「——ねえ、さくらちゃん」

「はい？　どうしました？」

実験の準備をしていたさくらが振り向く。わたしはそこで、一瞬、躊躇《ためら》った。声をかけたものの、同じ部屋の中にいる柚木のことを聞けるのか？　いや、さすがに本人の前では聞けない。

「……ごめん、なんでもない」

「変なカチョー」

笑いながら作業を続けるさくらを見ながら、視界の端《はし》で柚木を捉《とら》えた。彼の視線が自分に向いている気がして、また頭の中が混乱する。

なんかもう、考えすぎて熱が出そう……

10

なんの変化もないまま数日が過ぎた。怪しい男はあれ以来姿を見せないし、特に変わったことも今のところない。

柚木は相変わらずで、行きも帰りも、必要以上にわたしに触れることはなかった。態度も一層よそよそしくなり、勘の良いさくらが不思議そうに尋ねてきたくらいだ。

「柚木さん、どうしたんですかね。体調でも悪いんでしょうか？」

彼女は、部屋の隅でむっつりとしている柚木にちらちらと視線を送る。

「さあね」

「男の更年期ってやつですかね」

「そうかもね」

そう返事をしたけど、更年期にはいくらなんでも早すぎる。

彼の態度はわたしとのことが原因なのはあきらかだが、具体的なことはさっぱりわからない。

少なくともわたしは、柚木と関係を持ったことを他の人に知られても、ダメージをほぼ受けない。けれど、彼にとっては違ったんだろう。

ボディガードが対象者とそういう関係になるのが褒められたことではないのは、理解できる。非難を受けるのは柚木になることも。

いろいろ考えて出した結論がそれだ。

けれど、納得はできず、感情もついていかない。

あの経験をなかったことにするのは、わたしにはとても難しい。

わたしは柚木が好きだから、あの場で抵抗しなかったのだ。そしてあの時の彼は、心の底からわたしを求めているように感じた。それはわたしへの好意だと思っていたけど、違ったのだろうか。

それでも日々は過ぎ、わたしは会社のために開発を続けている。

「……さて、じゃあ始めましょう」

さくらに声をかけ、作業台の上にノートと材料を並べた。柚木は安藤さんと並んで部屋の壁際に立っている。その表情は厳しく、部屋の雰囲気を重いものにしていた。

なるべく気にしないようにして、さくらと向かい合って座る。

「そろそろ新しいものに着手しようかと思っているの」

そう言いつつ、ノートのページをめくった。このノートはわたしのネタ帳みたいなものだ。

「普通のペンからロケット花火が出るとか、どう思う？」

「いいですね！　面白そう」

さくらが答えるのと同時に、部屋の端《はし》から呻《うめ》き声が聞こえた気がしたけど、無視する。

「ボールペン型で、胸ポケットに入れるようにして、いざって時に相手に発射」

身振り手振りでさくらに伝える。

「そうなると、着火装置をどうするかってことですね」

「そうね。オイルを内蔵するとか、摩擦でもいけるかも」

「ロケット花火の火薬ってどんな成分になっているんですかねえ」

「市販品をいくつか買ってきたから分解してみようか」

自分で買ってきたロケット花火の束を手に取る。

「そうですね。では、ここじゃ危ないので隣に行きましょうか」

さくらが言い、必要なものを見つくろって実験室に向かった。そのあとを柚木と安藤さんがついてくる。

実験室の作業台にロケット花火を並べた。白衣とゴーグルを着け、さくらとともに分解していく。

「さくらちゃん、火薬の量測って」

「はい」

さくらが電子測定器に火薬を載せ、分量を書きとめた。

「これでどれくらいの威力があるのかしら？」

「試しに着火してみます？」

「そうね」

そう答えつつ、壁際に立っている柚木をちらりと見る。その視線はこちらに向いているものの、表情は険《けわ》しかった。

なによ、そんな顔して。わたしを守ってくれるんじゃなかったの？

納得できない彼の態度に、わたしは怒りすら感じる。そして、それをはっきりと問い詰められない自分自身に、一番いら立っていた。

無造作にロケット花火を手に取り、手探《てさぐ》りでライターを探す。いつもなら決してそんなことはしないのに、なぜそうしたのか、自分でも理解不能だ。

手に当たったライターを持って花火に火をつけた瞬間、ガタンと音がした。

「あ、カチョー、危ない！」

さくらの声にハッと我に返る。

手元を見ると、作業台の上に置きっぱなしになっていたアルコールランプが倒れ、それにライターの火が引火していた。炎はあっと言う間に広がり、作業台に置かれた数十本のロケット花火に次々と燃え移る。

ひゅんひゅんと音を立て、ロケット花火が四方八方に飛んでいく。煙《けむり》が一気に広がり、あちこちにぶつかる音が響いた。

「キャー」

「わーっ」

それぞれの叫び声が響く中、倒れたアルコールランプだけかろうじて元に戻し、さくらと二人、とっさに作業台の下に避難した。消火器をとりに行かなければいけないが、怖くてできない。実験室中に煙《けむり》が立ち込め、火薬の臭いが広がる。

「うわっ」

「柚木さん!!」

叫び声に顔を向けると、煙《けむり》の向こうで柚木が顔を押さえてうずくまっているのが見えた。安藤さんが慌てて様子を窺《うかが》っている。

「柚木!?」

動きたくても、ロケット花火がそこかしこを飛び回っている。

大量の煙《けむり》を火災報知器が感知し、換気扇が自動的に動き出した。大きな音を立てて煙《けむり》を排気していく。

熱量が足りないのか、スプリンクラーは作動しない。

ようやく花火が収まってきた頃合いを見て、わたしは柚木に駆け寄った。

彼は手で右目を押さえている。

「目に入ったの!?」

思わず大きな声が出た。

「大丈夫ですか!?」

さくらが救急箱と濡らしたタオルを持ってくる。

柚木が手をどけると、右目のすぐ上が赤くなっていた。そこにさくらが濡れたタオルを素早く当てる。

目に入っていなかったことにはひとまずホッとしたけど、柚木が怪我をしたのは事実だ。

「柚木さん、大丈夫ですか？」

安藤さんは心配そうに声をかけているけど、わたしは言葉が出せなかった。

「大丈夫だ」

タオルを当てたまま柚木が立ち上がる。

「救急車呼びますか？」

さくらが聞くと、彼は首を振った。

「なら念のため、救護室に行ってください」

さくらが重ねて言うと、頷《うなず》く。

「安藤、あとは頼んだ」

安藤さんにそう言うと、彼は目を押さえたまま、少しよろめきながら出ていった。

わたしのことは、見向きもしない。

そのことに気づいた時、背中がひやりとした。

残されたのは、わたしとさくらと安藤さん、そして実験室に飛び散ったロケット花火の残骸《ざんがい》。

「とりあえず、片づけましょうか」

さくらの言葉に頷《うなず》き、足元に散らばった残骸《ざんがい》を拾い始めたわたしに、安藤さんが切れた。

「もっとちゃんとしたらどうですか！　危ないじゃないですか！」

「ごめんなさい。……でもわざとじゃないのよ……」

咄嗟《とっさ》に出た言葉が余計に気に障《さわ》ったようだ。

「当然です！　これがわざとなら犯罪者ですよ。犯罪を未然に防ぐ前に、ご自分が犯罪者になるところです！」

安藤さんの言葉が思った以上にわたしに突き刺さる。

不可抗力とは言え、わたしがどうしようもないミスを犯したことはあきらかだ。

「確かに、今回のことはわたしの完全なミスよ。柚木にも改めて謝罪するわ。ごめんなさい」

わたしが頭を下げると、彼女は苦い表情のままではあるものの、それ以上なにも言わなかった。

わたしは再びさくらと床に散らばった残骸《ざんがい》をかき集める。わたしがあからさまに落ち込んでいるからか、さくらが心配そうな顔でこちらを見た。

「カチョー、元気出して」

「ありがとう」

「わかってると思いますけど、安藤さんは柚木さんのことになると、ちょっと大袈裟《おおげさ》になっちゃうんですよ」

「……そうね」

それは最初からわかっていた。彼女が柚木を見る目は特別だ。気がついてはいたけど、気にしないふりをしていた。

だって、それを気にしてしまったら……

「でも、カチョーも最近ちょっとおかしいですよ？　なにかありました？」

「え、そ、そう？　べ、別にな、なにもないわよ」

あきらかに挙動不審になったけど、あきらかすぎたのか、さくらもそれ以上追及してこなかった。

後片づけがあらかた終わった頃、柚木の代わりにと、別の警護課の人が来る。四十代半ばくらいの、屈強そうな男性だ。

「柚木は早退しましたので、代わりに参りました。小林《こばやし》と申します。よろしくお願いします」

「え、早退？　怪我の具合はどうなんでしょう？」

「すみません。そこまでは聞いておりませんので」

「そうですか……」

早退するほど酷《ひど》かったの？

なんだかまた胸がざわついてくる。

その後は仕事がほとんど手につかず、わたしたちは早めに切り上げて事故の報告書を作成し、事務作業を定時に終えた。当然、柚木は戻ってこない。

わたしは小林さんと一緒にラボを出た。いつものように玄関ロビーに向かおうとすると、彼に呼び止められる。

「車でお送りします」

「え、そうなの？」

そのまま地下駐車場に向かい、黒塗りのやけに大きな車に乗せられた。

中も広く、革の匂いがする。最低限の振動しか感じないシートに座り、窓の外を流れる夜景をぼんやりと眺《なが》めた。

満員電車に乗らないのは快適だけど、なんとも言えない喪失感がつきまとう。

落ち着かないままマンションに到着し、エントランスまで小林さんに送ってもらった。

「明日の朝も車でお迎えします」

小林さんが言う。

「……車で？　柚木は？」

「先ほど上から連絡がありまして、しばらく私が対応をさせていただきます」

「そうですか……ではよろしくお願いします」

小林さんに挨拶をして、わたしは自分の部屋に帰った。

玄関の扉を開け、廊下を歩いてリビングに入る。ソファに鞄を投げ、寝室の扉を開けた。明かりもつけずにベッドに腰かける。

もう柚木の匂いはどこにも残っていない。

怪我は大丈夫なのだろうか。改めて、彼の連絡先も知らないことに気がつく。そばにいるのが当たり前だと思っていたから、あえて連絡を取る必要を感じていなかったのだ。

一人でぼんやりと考えていると、なんだかどんどん悲しくなってくる。

柚木はうるさくて意地悪で……腹が立つこともたくさんあるけど、わたしが彼を好きなことに変わりはない。

柚木だって、わたしのことを嫌いじゃないって言ったのに。

嫌いじゃないけど、好きでもないのだとしたら……

考えるだけで泣きたくなる。

これから、どうしたらいいんだろう。

こんなふうに、ぐずぐずと考えている自分がもどかしい。

「どうしちゃったのよ、わたし……」

キッチンに向かい、適当な材料で夕食を作ってもそもそと食べる。シャワーを浴び、ソファに座って科学雑誌をぱらぱらとめくったけど、中身はちっとも頭に入ってこなかった。

深夜過ぎに寝室に移り、ベッドに寝転がる。

眠気は一向に訪れず、寝不足のまま朝を迎えた。

腫《は》れぼったい顔をメイクで隠し、いつもと同じ時刻にエントランスに向かう。すでに小林さんが待っていた。わかっていたはずなのに、そのことにがっかりする。

わたしはマンションの前に停まっていた車に乗った。楽だけど、やっぱりなにか違う。

出社しても、当然柚木はいない。おまけに今朝は、安藤さんもいなかった。その代わりか、小林さんと同年代の砂川《すながわ》さんという男性がいる。

「カチョー。今日はこのおじさんが担当なんですって」

さくらの言葉に、砂川さんが苦笑いを浮かべた。

そしてまた数日がすぎる。

柚木はまだ戻ってこない。

安藤さんは事故から二日後には復帰したので、彼の様子を聞いてみたけど、わたしにはなにも教えてくれなかった。

さくらが探《さぐ》りを入れたところ、怪我の程度はそれほど重くはないそうだ。

それを聞いて安心したものの、かえって戻ってこない理由が気になった。

それでも仕事は続けなければいけないので、安藤さんと小林さんが見守る中、作業台でさくらと膝を突き合わせ、ペンの軸になにを入れられるかを話し合う。

設計図を描きながら、ああでもないこうでもないと議論していると、滅多に鳴らない内線電話が鳴った。

『橘様がいらしてますが』

「あら」

わたしは机の上を見渡し、広げていたノートを閉じる。部外者には見せられない。

「どうぞお通しして」

答えてから、設計図や重要な器具を片づけた。さくらも同じように大事なものを片づける。

「橘さんってなんの仕事してるんでしたっけ？」

「え？　営業とか言ってなかった？」

「営業……ふーむ」

さくらがなにか腑《ふ》に落ちない顔になる。橘さんはイケメンだから、来たらもっと喜ぶかと思っていたけど、そうでもないらしい。

そうこうしているうちに、ドアが開いて彼が顔を覗《のぞ》かせた。

「こんにちはー」

恐る恐るといった体《てい》で入ってきた彼は、部屋の中を見回して、おやっと不審がる。

「あれ？　あいつは？」

あいつが誰を指しているかは明白だ。なんて答えようかと迷う。

「今日は急遽《きゅうきょ》、違うお仕事に行ってます」

さくらがさくっと嘘をついた。橘さんはそれで納得したようだ。

確かに、あえて正直に言う必要はない。

柚木がいないとわかったせいか、橘さんの顔から緊張感が消え、笑みが広がった。

「今はなにをしてるの？」

わたしのすぐそばに来て、机の上を覗《のぞ》き込む。

そこにあるのは大量のロケット花火だ。それを目にとめたところで、橘さんの体が一瞬震えた。

「こ、これでなにをするの？」

「携帯用に改造して、護身具に使えたらと思って……」

「へ、へえ……。相変わらずすごいね。ちょっとした武器だね」

少しだけ声もうわずっている。

「ああ、そうだ。今日はね、ランチのお誘いに来たんだよ。近くに美味《おい》しいお店があるんだ。良かったらどう？」

「ランチですか？」

「そう。できたら桃井さんと二人で話したいなと思って。イタリアンは好き？」

わたしは、ニコニコ笑う橘さんを見る。

誘われたのは光栄だけど、はっきり言って気が乗らない。今のわたしは、柚木のことで頭がいっぱいだ。

「ごめんなさい。今日は立て込んでいて、ちょっと時間が取れないんです」

そう答えると、橘さんの顔がピクリと動いた気がした。

「そう……それは残念だな」

あからさまにトーンダウンした声に、どうしたらいいのか焦る。

するとさくらが、助け船のように、口を開いた。

「――あ、そうだ。この前、橘さんに手伝ってもらった催涙《さいるい》ガス、改良版がもうすぐできるんですよ」

橘さんはあの実験を思い出したのか、わたしから一歩離れる。

「え、そ、そうなんだ」

「ええ。ぜひまた実験を手伝ってくださいね。違いは経験者じゃないとわからないですもん」

「あ、そ、そう。……うん、時間があったらね」

さくらと橘さんの会話を聞きつつ、わたしはここに柚木がいればどんなふうになったのかなと想像した。

また橘さんとケンカを始めるだろうか……

「せっかく来てくださったんだから、またやってみませんか？」

なにを考えているのか、さくらが橘さんに言う。橘さんは及び腰だ。

「いつもは柚木さんが進んで手伝ってくれるんですよ。でも、今日はいないので……」

含みを持たせるようにさくらは言うけど、柚木が喜んで手伝ってくれたことは一度もない。向こうに立っている安藤さんも呆れた顔をした。

「じゃあやるよ。あいつがいないなら、仕方ないよね」

不思議なことに、橘さんは急にやる気になったようだ。今日はやけに協力的。

柚木といい橘さんといい、謎だわ。

張り切っているさくらを先頭に、全員で隣の実験室に移動した。

柚木のことがあったせいもあり、安藤さんと小林さんはきちんとゴーグルをつけ、入り口近くの壁沿いに待機する。

「なにが良いかな？」

試作品が並んだ棚を見ながら、わたしはさくらに尋ねた。ここにあるものであれば、ほぼ完成に近いので、社外の人間に見られても問題はない。

「せっかくだから、柚木さんがやってくれなかったものにします？」

「それはいいね」

そばで見ていた橘さんが答えた。

……もしかして柚木と張り合っているのかしら？

「柚木がやったことのないものねえ……なにが良いかしら」

「あの吹き矢のは、どうですか？」

さくらが棚の下にあったアルミのケースを引っぱり出す。

「吹き矢だって!?」

後ろのほうで橘さんの少し焦った声が聞こえた。

「ああ、良いわね」

わたしはさくらから受け取ったケースを作業台の上に載せた。ふたを開けると、タバコの形をした吹き矢が、中にずらりと並んでいた。

確かにこれならそれほどの危険はないし、ちょうど実施データが欲しかったところだ。

「これが吹き矢？　タバコみたいだ」

橘さんが驚いたように言う。

「この中に矢が内蔵されているんです。タバコを吸うふりをして撃つというアイデアは悪くなかったんですけど、形状が難点で、これ以上の開発が進んでないんですよ。他にいい形はないかしらねえ」

「へえ、これがねえ」

興味深そうに近づいてきた。

「どうやるの？」

橘さんがそう言った時、さくらが用意していた胴衣を彼に着せた。

「えっ、なにこれ⁉」

それは、防弾チョッキのようなものだ。

わたしはケースから装置を取り上げ、橘さんに向かってフッと吹いた。

つまようじほどの小さな吹き矢が、ドスッと音を立てて胴衣に突き刺さる。

「うわあっ」

まるで本当に撃たれたみたいに、彼が叫んだ。

「痛みも衝撃も、ほとんどないはずです。そこまではきちんと確認済みです」

「え⁉　あれっ？　確かに……」

頷《うなず》く彼に、わたしは続けて矢を吹いた。

ドスドスドス……。音を立てて次々と刺さる。

橘さんは声も出さず固まっていた。

彼の額《ひたい》から汗が流れる。空調が効いているから十分涼しいのに、と思っていると、さくらが胴衣から矢を抜いた。

しばらくして、データを取り終わる。胴衣には小さな穴がたくさん空いていた。

わたしはさくらから矢を一本受け取り、先端を見つめる。

「ここに痺《しび》れ薬とか毒薬とか仕込んだらどうかしら。動物に使う麻酔銃みたいに」

「ど、毒薬⁉」

橘さんが今度こそ焦った声を出す。

「大丈夫ですよ。実際には仕込んでいませんから」

わたしが笑うと、さくらが続けた。

「でも、カチョー。試しで何個か毒入りの作りましたよね？」

「え？　あれはきちんと別に管理してるわよ」

「え、ちょっと待て。毒薬？　本当に？」

彼はかなり焦っている。

「うちのカチョー、こう見えて、かなりのドSなんですよ。犯罪者には容赦《ようしゃ》ないいんです」

さくらがケラケラと笑うと、橘さんの顔色がさらに悪くなった。

「ちょ、ちょっと用を思い出したんで、今日はこれで……」

「あら、そうなんですか。じゃあ、また……」

わたしが言い切る前に、彼は逃げるように出ていった。その後ろ姿を見送りながら、さくらは肩をすくめる。

安藤さんと小林さんも、若干怖いものを見る目でこちらを見ていた。

橘さんがいなくなったので、わたしとさくらはロケット花火の開発の続きをすることにする。実験道具を片づけ、研究室に戻って筆記用具を持つ。珍しく静かな時間が流れた。

「なんか、物足りませんねえ」

さくらが呟《つぶや》く。

「そうね……」

以前はさくらと二人だけだった仕事場。そこに柚木たちが加わり、一週間前までは賑《にぎ》やかだったのだ。

嫌々実験につきあう柚木と過ごす時間は、なんだかんだで楽しかったのに。

そんなふうに静かなまま一日が終わり、わたしはまた車で送ってもらった。

車内は無言だ。小林さんは真面目な人で、無駄話をしない。もちろん柚木も口数が少なかったけど、そんなこと気にならないくらい、わたしはその存在に慣れていた。

車から流れる景色を見ていると、また寂しさを感じる。寂しいというより、恋しいのかもしれない。だって、わたしはまだ柚木が好きだから。

こんなふうに離れてしまっても、それでもまだ彼のことが好きだ。

でも今彼は、わたしのそばにいない。それがなにを意味しているのか、わかりたくないけどわかってしまった。

もしかしたらあの時は、柚木もわたしのことが少しは好きだったのかもしれない。でも、あの怪しい男に言われた瞬間、きっとその気持ちが消えてしまったんだ。

そのことが今猛烈に悲しかった。

11

それからまた何日か過ぎて、とうとうパーティの当日を迎えた。

結局、柚木はあれから一度も姿を見せず、寂しさだけがつきまとう。

いつもより早めに仕事を終わらせ、わたしたちは会社の近くにある高級ホテルに向かった。そこの大広間でパーティが行われるのだ。

控室として借りている一室に行くと、先日ドレスを借りたお店のスタッフがすでに待機していた。ここで着つけとヘアメイクをしてくれるそうだ。

小林さんを外に残し、わたしとさくらと安藤さんとで控室に入る。

わたしの薔薇色《ばらいろ》のドレスとさくらの黒いドレスを着せられたトルソーが並んでいた。

改めて見ても、とても可愛い。お姫様のドレスだ。

柚木が選んでくれたのに、肝心の本人がいないなんて……

軽く浮き立っていた気持ちが、がくんと下がった。

そんな思いを振り切り、まずドレスを着せてもらう。

ご丁寧なことに、ドレスの下に着ける下着も全部揃っている。

ふわふわのシフォンのドレスは軽く、まるで空気をまとっているみたいだ。何層にも重なった花びらが体を包み、改めて自分がお姫様になったように思えた。

次にヘアメイクをしてくれるというので、大きな鏡がセッティングされているテーブルにさくらと並んで座る。

「どういった髪形がお好みですか？」

きれいなお姉さんに聞かれたけれど、よくわからない。

「お任せします」

わたしがそう答えると、さくらも同じように言った。

髪を梳《す》かれ、ヘアアイロンで巻かれてゴムとピンで結い上げられる。毛先は、あっちへ引っぱりこっちへ引っぱり。

おしゃれとぼさぼさの微妙なラインだなと内心思いつつ、お姉さんの手元を見つめた。

ヘアセットが終わると、いよいよ顔にいろいろと塗りたくられる。自分では持っていない何種類ものメイク道具を駆使して、驚くほど華やかな顔にしてくれた。

「わー、カチョー、めっちゃ美人になりましたよ」

「ありがとう。さくらちゃんもきれいよ」

二人で顔を合わせてにやっと笑う。

ドレスに合わせたハイヒールを履き、さくらと二人で鏡の中の自分を穴が空くほど見つめる。

ちょうどその時、部屋のドアが控えめにノックされた。

フォーマルなブラックスーツに着替えていた安藤さんがドアを開けると、雛子さんがひょこっと顔を覗《のぞ》かせた。

「まあ、お二人とも素敵！」

「雛子さんこそ、とっても素敵だわ」

「ありがとうございます」

彼女が着ているのは、色鮮やかな花の刺繍《ししゅう》が裾《すそ》に入った薄いピンクの着物だ。色留袖と言うらしい。髪をきっちりと結い上げて、布でできた花がついたかんざしを挿していた。

「雛子さんは振袖かと思ってました」

さくらが言うと、雛子さんが笑う。

「既婚者ですもの」

まるで少女のように見えるが、彼女は社長の奥様なのだ。年はわたしとさほど変わらないのに、なんだか不思議だ。

「あ、そうだ。雛子さんにプレゼントしたいものがあるんです」

わたしは自分の荷物の中から、アルミのアタッシュケースを出した。

「まあ、なんですの？」

興味津々《きょうみしんしん》の彼女の前でケースを開ける。中には、個人的に開発している防犯グッズがいくつか入っていた。

「雛子さんにはこれがいいかしら」

そう言いながら、ブローチ風に改造したおはじき型催涙《さいるい》ガスを渡す。

「これは？」

「ちょっとした護身具です。もし不届き者がいたら、そのまま投げつけてください。中身は催涙《さいるい》ガスですので、投げたあとはすぐ離れて」

「まあ、楽しそう」

雛子さんはそう言って、それを帯留の上につけた。

「さくらちゃんはこれかな」

わたしはさくらにも指輪型のスタンガンを渡す。

「やった！」

と、さくらがそれを右手の中指につけた。少しゴツゴツしたデザインだけど、黒いドレスには似合っている。

「安藤さんはこれね」

「わ、わたしにもあるんですか⁉」

びっくりしている安藤さんに拳銃型の投網《とあみ》を渡した。

「あー、一番かっこいいやつだ」

さくらがうらやましげな声を出す。

「これはドレスには隠せないのよね。安藤さんのスーツなら大丈夫だと思うの」

「だ、大丈夫ですか？　これ。暴発しませんか？」

安藤さんはかなり渋っている。

「大丈夫よ。これはかなり完成品に近いやつだから」

わたしが笑顔で答えると、恐る恐る受け取り、ジャケットの裏側に隠した。

「わたしたち、なんだかスパイみたい」

さくらがはしゃぐ。

「パーティといえども、なにがあるかわからないわ。女性たるもの、常に気をつけなければ」

「その通りですわね」

わたしの言葉に雛子さんが真面目な顔で頷《うなず》いた。

「志乃様はなにを持たれますの？」

「わたしはこれです」

取り出したボールペン型のものを雛子さんに見せる。

「これは？」

「中に改良したロケット花火が入ってるんです。もしもの時は、このペンのお尻部分を押すと――」

「まあすごい！　さすが志乃様」

雛子さんがぱちぱちと手を叩いた。

「でもこれはまだ試作段階ですから、うまく動くかわからないんです。ただ、実験を繰り返すのが商品開発部の仕事ですから」

「そうなんですね。立派なお仕事ですわ」

彼女は感心したように言う。

わたしはドレスの隠しポケットにそれを入れた。生地が薄いため脚に当たる感覚はあるけど、外からはわからない。

最後にヘアスタイルをもう一度整えてもらい、わたしは姿見で全身を見直した。

自分で言うのもなんだけど、かなりきれいになったと思う。

こんなわたしを見て柚木はなんて言うだろうか、と考える。

せっかく選んだんだから、見てくれてもいいのに。

寂しい気持ちが少しずつ怒りに変わっていった。

彼がなにを思って行動しているのかさっぱりわからない。

はっきりと言葉に出してくれたらいいのに。

せめて顔を見せてくれたら。少しでも話してくれたら。

そんなことばかり考えて、自分のことをうまくコントロールできず、いら立つ。

しばらくして雛子さんが一足先に会場に行き、わたしたちも少し遅れて控室を出た。

外には黒いタキシードに着替えた小林さんが待っている。

揃って大広間に向かうと、すでに大勢の招待客でごった返していた。受付を済ませて会場の中に入り、入り口近くで出迎えてくれた社長と雛子さんに挨拶する。

「ようこそ」

「お招きありがとうございます」

社長はわたしを見て、少し眉を上げた。

「とてもよくお似合いだ」

「ありがとうございます」

「警備は万全を期しているが、内々の集まりとはいえ、部外者が入りやすい状況だ。この機会になにかを仕掛けられる可能性もあると思っている。なるべく一人にならないようにし、会場からも出ないでいただきたい」

少し緊張した面持《おもも》ちで言う。

「わかりました」

心配性だなと思いつつも頷《うなず》き、わたしは会場の中に入った。

「うわ、豪華ですね！」

さくらが感嘆の声を上げる。

会場の中は着飾った人たちで溢《あふ》れ、天井には大きなシャンデリアがいくつもぶら下がっていた。壁際に大量の料理が盛りつけられたテーブルが並んでいて、たくさんの人が群がっている。

「まずは腹ごしらえしましょ」

わたしは通りがかりのウェイターからシャンパンのグラスを受け取り、料理が並んでいるテーブルに向かった。

わたしとさくらが料理を食べている間に、まわりに人が集まってくる。見知った顔ではないのでどうしようか戸惑《とまど》っていると、どこからか商品開発部の部長が現れ、わたしに紹介してくれた。

まったく覚えられなかったけれど、他部署の社員と得意先の方だそうだ。

ラボに引きこもってばかりで、ほとんど外部の人と触れ合う機会のないわたしが出席していることが、物珍しいようだ。

わたしは珍獣か。

そう思いながら、食事もそこそこに、紹介された人たちに挨拶した。

ようやく落ち着いて、さあ食事の続きをと思ったら、今度は壇上で社長の話が始まる。

ちなみにさくらは、わたしが挨拶の嵐に巻き込まれている間に、ちゃっかりお腹を満たしていた。

壇上を横目に、改めて会場の中を見渡す。

着飾った人々の中に、やけに体格のいいタキシード姿の人たちが目についた。よく見ると、かなりの人数だ。社長が言っていた警護の人だろう。

もしかしたら、この中に柚木がいるのだろうか。

　ぱっと見ただけではわからない。

　警護課の人たちは気配を消すのがうまいし、わたしはきっと柚木を見つけ出せない。そこまで彼を知っている自信はないのだ。

　小さくため息をついた時、ポンと肩を叩かれた。弾《はじ》かれたように振り返ると、タキシード姿の橘さんがいた。

「あら、橘さん。あなたも招待されていたんですか？」

　うちの会社とは取引がなかったはずだけど。

「実は知り合いが招待されててね。お願いして一緒に来たんだ」

　彼がにこりと笑う。そのまばゆさに、近くにいた女性が頬《ほお》を染めた。

「志乃さん、すごくきれいだよ」

　志乃さん？

　いつの間に名前を呼ばれるようになったのか？

「あ、ありがとうございます」

「志乃さんは化粧で随分雰囲気が変わるんだねえ。素敵だよ」

「……はあ」

　褒められたものの、大して嬉しくはない。かえって、普段は相当みすぼらしいと思われているんだろうかなどと、思う。

「そのドレス、きみには甘すぎるかと思ったけど、メイクにはぴったりだね」

……ん？　本当に褒めてる？　褒めてるの？

なんだか微妙だ。

そして橘さんが、わたしの髪に触れた。

「この髪形もいいね」

「そうですか？」

あちこちはねていて、実は落ち着かないんだけど……

いつもみたいにきっちりと結ぶほうがわたしの性に合っている。

彼は一生懸命褒めてくれるのに、素直に受け取れないのが不思議だ。

「なにか飲む？」

こちらの反応が悪いのも気にせず、橘さんは近くにあったシャンパンのグラスをわたしに手渡した。

「ありがとう」

それを受け取って、一気に飲み干す。料理を食べ損ねているせいで、お腹が空《す》いていたのだ。

「い、いい飲みっぷりだね。もっと持ってこよう」

彼が次のグラスを持ってきた。渡されたのと同時に、またぐびっと飲む。

うん、炭酸が入っているから、お腹に溜まるかも。

「さっき、みんなから挨拶されているところを見たよ。やっぱり志乃さんはすごいんだねえ。こんな女性には会ったことないよ」

彼は独り言なのかなんなのか、ぶつぶつと話す。

なんて返事したら良いのか、わからない。

頼みの綱のさくらは、どこかに行ってしまっていた。安藤さんと小林さんはいるけど、彼らは警備なので自分が相手をするしかない。

コミュニケーション能力が低いわたしは、ただ、橘さんが渡してくるシャンパンのグラスを次々と空けていった。

「お酒、結構強いんだね」

「え？」

見ると橘さんの顔が少し引きつっている。

何杯飲んだのか、もう覚えていない。それでも、元々お酒には弱くないようなので、酔っている感じはしなかった。

「わたしって、意外とお酒に強いみたいなんですよ」

そう言うと、橘さんの顔がもっと変になった。

「ど、どこまでも一筋縄ではいかないんだな」

独り言のように呟《つぶや》く。

なんだろ。もっと酔っているふうを装《よそお》ったほうが良いんだろうか。

まあ、酔ったふりをしてここを離れるのは、ありかもしれない。

よし、そうしよう。

……そして、柚木を探すのだ。今、猛烈に柚木の顔が見たかった。

やはり酔っているせいかもしれない。

持っていたシャンパンをぐびっと飲み干し、わたしはわざとらしくよろけてみる。

「あら……やっぱり酔ってるみたい」

「大丈夫⁉」

急に元気を取り戻した橘さんが、わたしの体に腕を回した。

「ここは暑いね。ちょっとどこかで休憩しようか」

そう言って、わたしをかかえて移動し始めた。

あら？　想定外だわ。

「大丈夫ですから」

「いいからいいから。少し空気のきれいなところで休めば良くなるよ」

空気のきれいなところってどこよ。そんな山の上じゃないんだからと思いつつ、抵抗を試《こころ》みたけど彼の動きは止まらない。

華奢《きゃしゃ》なように見えても、彼は男性だ。

その時、近くでざわめきが起きた。

なにがあったのか確認しようとしたものの、橘さんによって会場の外に連れ出されてしまう。わたしにずっと張りついていた安藤さんと小林さんの姿も見えなくなった。

わたしをかかえたままの彼の足は、迷いなく進む。

まいったなあ。勝手に会場から出たら怒られるじゃない。

「だ、だめです、わ、わたし戻らないと」

声に出してみたけど、なんだか呂律《ろれつ》が回らない。足元もおぼつかなくなってくる。急に動いたせいで、本当に酔いが回ってきたようだ。

「大丈夫だよ。ちゃんと休める場所知ってるから」

口調は優しいけど、橘さんの動きは一貫して強引だ。会場からはどんどん離れ、あきらかに人気《ひとけ》のない場所ばかりを選んで歩いていく。

これはまずい。

さすがのわたしも、もう嫌な予感しかしなくなった。

「ちょっと、待って。もう戻りましょう」

無理やり止まって、彼の腕を離そうとする。けれど、彼はぴくりとも動かない。

「まだ戻られたら困るんだよ」

そう言い、近くのドアを開けて、わたしをその中に押し込んだ。

「え、ちょっとっ」

暗闇の中で橘さんが突然抱きついてくる。途端にぞわぞわとした不快感が、全身を走った。

「は、離してっ」

逃げようとしても、体がうまく動かない。

ならばと、隠し持っていたロケット花火を内蔵したペンのボタンをしたけど、なんにも起こらなかった。

もうっ、こんな時に使えなくて、なにが防犯グッズなのっ。

仕方なくやみくもに腕を振り回し、はずみで橘さんの顔にペンを思いっきり突き立てた。

「痛っ!!」

大きな声が聞こえたと同時に、どんと突き飛ばされる。

「うっ」

自分の体が壁に激突した瞬間、目の中に星が飛び息がつまる。ほぼ同時にドレスの裂ける音が聞こえた。

わたしの前に立ち塞《ふさ》がった橘さんの顔には、これまで見たことがないくらいの怒りが浮かんでいる。まるで般若《はんにゃ》みたいだ。その額《ひたい》にはペンの痕が丸くつき、血が流れていた。

「……てめえ、よくも俺の顔に傷をつけたな」

橘さんは、およそ今までの彼とはかけ離れた口調になり、わたしを睨《にら》みつけた。

「こっちがおとなしくしていれば、いい気になりやがって。お前みたいな女、任務じゃなければ誰が口説《くど》くもんか」

「……え？　な、なにを言ってるんですか？」

「任務だって言ってんだよ。仕事だよ、仕事。偶然を装《よそお》って運命的な出会いを演出して、口説《くど》いて関係を持って、そして弱みを握る。それを企業に売る。企業はお前を好き放題にする。以上！」

……ああ、そうか。これが例の。あのおじさんだけじゃなかったんだ。

「まったく。男慣れしてないから簡単だと思ったのに。次から次へとろくでもない実験につきあわされて……。服の趣味も悪ければ、性格も最悪。こんな割に合わない仕事なら、断れば良かった」

彼の口から次々と出てくる言葉に、わたしは口をぽかんと開ける。

「段取りを踏むのが俺の主義だったけど、もうどうでもいい」

橘さんは吐き捨てるようにそう言い、わたしのドレスに手をかけた。花びらのようなドレスは、すでにあちこちが破れている。

「な、なにをするの？」

「そんなの決まってるだろ。お前の恥ずかしい姿を動画に撮るんだよ」

「ど、動画⁉」

「今は写真よりも動画のほうが需要が高い。一人でやるのは面倒なのに、あいつはなにをやってんだか」

あいつ？　まだ誰か来るんだろうか。

「まったく、似合わねえもの着やがって」

彼は鬼の形相《ぎょうそう》のまま、ドレスを無理やり引きちぎった。

「きゃあっ！」

ドレスはさらに悲惨《ひさん》なことになり、辛《かろ》うじてわたしの体を隠す程度しか残っていない。

橘さんは目をギラギラさせ、また手を伸ばしてきた。

どうしてこんなことになったのか、さっぱり理解できない。わかっているのは、すべてが仕組まれていたってことだけだ。

豹変《ひょうへん》した彼を前にして、わたしはただ驚くだけだった。

「まあ、顔は許容範囲だから、それなりに楽しませてもらうよ」

彼がニタリと笑う。きれいな顔に浮かぶ嘲笑《ちょうしょう》は、彼を驚くほど醜《みにく》く見せた。

近づいてくる手に焦り始めたその時、バンッと音を立ててドアが大きく開く。

「なんだ!?　うっ」

なにかを殴る大きな音と橘さんの呻《うめ》き声が聞こえた。そして次の瞬間、目の前で橘さんが吹き飛ぶ。驚いて顔を上げると、息を切らした柚木がそこにいた。

「ゆ、柚木？」

驚くわたしを見て、彼が目を見開く。

わたしの格好がかなり酷《ひど》いことになっているのは、自分でもよくわかっていた。

「……志乃、無事で良かった」

柚木がなんだか泣きそうな顔でわたしを見る。

志乃……と、彼が呼んでくれたことで、自分の心がふわっと宙に浮いた気がした。

あの時の柚木が戻ってきたんだ。

そう安堵《あんど》したのも束の間、暗闇からゾンビ——じゃない、橘さんがふらふらとした足取りで近づいてくる。その手には、どこにあったのか、モップが握られていた。

「柚木！」

わたしが叫んだのと柚木が振り向いたのは、ほぼ同時だ。そして、橘さんがモップを振り下ろす。

「危ないっ！」

柚木は間一髪のところでモップを避け、橘さんの手を思いっきり蹴った。

「ぐあっ」

モップが床に落ちる音がした。柚木がすかさずそのモップを蹴って遠ざける。

「お前の目論見《もくろみ》は全部わかっている。もうおとなしくしろ」

そして、冷たい声で橘さんに言った。

「うるさい、邪魔をするな！」

手をさすりながら橘さんが吠える。その顔は先ほどよりもさらに険《けわ》しい。彼の視線は、柚木を通り越してわたしに向かっていた。

「動画はもういい。でもその女を痛い目に遭《あ》わせないと気がすまない。こっちがおとなしくしていれば、散々な目に遭《あ》わせやがって」

「……えっ、わたし⁉」

橘さんに恨まれるようなことしたかしら？

「そうだ！　仕事でなければ、誰がお前のような変態女の相手をするかよ！」

「へ、変態……」

変わり者の自覚はあったけど、こうはっきり言われるとそれはそれで傷つく。

その時、柚木が橘さんを殴った。

「黙れ。お前らのたくらみの証拠はすべて揃っているし、お前の相方ももう押さえてある」

少しぐったりしている橘さんの顔を柚木がまた殴った。

「前からそのにやけた顔を殴りたかったんだよ」

橘さんはそこで完全に気を失ったらしいので、最後の柚木の言葉がちゃんと聞こえていたかどうかはわからない。

バタバタと大勢の足音が聞こえ、部屋の明かりがついた。

入り口から警護課の応援が何人もどっと現れる。改めて見ると、どうやらここは倉庫のようなところだった。

柚木が指示を出し、橘さんが運ばれていく。

その様子を壁際に座り込んだまま見ているうちに、目の前に柚木がやってきた。目は怒りに燃えていて、いつもみたいに怒鳴りつけられるのかと少し恐くなる。けれど、明るい場所でわたしの姿を見た彼は、こっちが驚くくらいショックを受けている。

「大丈夫か⁉　怪我は⁉」

わたしはなんとか立ち上がって柚木に抱きつく。すると、すぐさま抱きしめ返される。

しばらくぎゅっと抱き合ったあと、彼が自分のジャケットを脱いでわたしの肩にかけてくれた。

心配そうにわたしをじっと見つめる。

その顔はわたしの知っている彼の顔で、泣きそうになった。

「いつもの防犯グッズはどうした？」

柚木の声がやけに優しい。

「うまく動作しなかったの」

まだ手に持っていたペン型のロケット花火を見せると、柚木は頷《うなず》く。

「普通の服だったらもっといろいろ仕込めるのに、こんなドレスじゃだめね」

薔薇色《ばらいろ》の薄い布は、もう原形をとどめていない。

こういうのって、どうやって弁償するのかしら……

「他の女性陣はかなり頑張っていたけどな」

「え？」

柚木がなにを言っているのかわからない。彼に促《うなが》され、半ば混乱したままのわたしはその部屋を出た。

そのまま会場に戻ると、なんだか様子がおかしい。

大広間にいた大勢の招待客は、みんないなくなっていた。その代わり、部屋の中心あたりに十人ほどの人が固まっている。

よく見ると、社長と雛子さん、さくらと安藤さんがいた。あとは社長の側近と警護課の人らしい。そしてその真ん中には、いつかのあの怪しい男が見るからに酷《ひど》い格好で座っていた。

「カチョー！　大丈夫ですか⁉」

わたしに気づいたさくらがこっちに飛んでくる。わたしの姿を見て、悲しそうな表情になった。

「カチョー……」

「大丈夫よ。柚木が来てくれたから。それよりこっちはどうしたの？」

わたしが尋ねると、さくらはフフンと得意げな顔に変わった。

まわりには割れたグラスや食器があちこちに散らばっている。

社長や側近はやや苦い顔をしていたけれど、さくらをはじめ、雛子さんと安藤さんは頬《ほお》を紅潮させ、やけに興奮気味に話し出した。

要約すると、わたしが橘さんに散々飲まされ、連れ去られようとしていたまさにその時、この男が騒ぎを起こしたらしい。そして近くにいた雛子さんに手を出そうとしたので、彼女はとっさに帯留につけていたブローチ型の催涙《さいるい》ガスを投げた。

そのガスは、男どころかまわりにまで広がり、驚いた招待客がパニックになったところで、騒ぎに気づいたさくらが指輪型スタンガンでさらに攻撃する。慌てて逃げようとした男に、今度は安藤さんが拳銃型の投網《とあみ》を発射して、見事に取り押さえたそうだ。

男は催涙《さいるい》ガスとスタンガンを浴び、さらに網にまみれた状態だ。このままでは誰も触れないからか、テーブルクロスで乱雑にぐるぐる巻きにされていた。

「すごいわ、みんな。大活躍じゃない」

「志乃様の発明のおかげです。ぜひ実用化していただきたいわ」

雛子さんは嬉しそうに言ったけれど、社長の苦い顔や避難している招待客のことを考えると、まだまだ改良が必要そうだ。

その後、ボロボロになった男は連行され、関係者だけが残された。

「志乃様、本当に大丈夫ですか？　控室までお送りしましょうか」

雛子さんが言うと、柚木がわたしの肩を抱き寄せる。

「自分が行きます」

その態度は、ボディガードにしてはいやに親密だ。雛子さんとさくらは、なんだか嬉しそうに笑い、社長はなんとも言えない顔をした。

安藤さんだけが今にも泣きそうになる。だけど、彼女にわたしがかけられる言葉はなにもない。

「まあ。そうですね。ではお任せします」

社長が口を開く前に雛子さんが言い、さくらが安藤さんの腕を取った。

「仕方ないなあ、じゃああんたはわたしが慰めてあげるわ」

「要らないわよ、もうっ」

「あら。じゃあ、うちで飲み直しましょう。女子会ってやつですわ」

雛子さんが提案し、女子三人はわいわい言いながら会場をあとにした。

「とにかく無事で良かった。すべて終わったと言ってもいいだろう。詳しいことは柚木から説明させる。今日は、まあゆっくり休んでくれ」

社長はそう言い、慌てて雛子さんたちのあとを追う。

「全部終わったの？」

柚木にもたれたまま聞くと、彼は「ああ」と呟《つぶや》いた。

なんだかわからないけれど、すべてが解決したのだろう。

彼の腕を背中に感じながら、わたしは安堵《あんど》と不安を覚えたのだった。

12

悲惨《ひさん》な状態となった大広間は、大勢のスタッフによって総出で片づけられていた。

とにかく着替えようと、わたしは柚木と一緒に控室として使っていた部屋に向かう。

もうドレスショップのスタッフは誰もいない。さくらの荷物もなかった。

入ってすぐのテーブルの上にメモが一枚置いてある。

〝ドレスの件はこちらで対処します。この部屋は一晩借りているのでゆっくり過ごしてください〟雛子さんの文字でそう書かれていた。

ソファの上に置かれていた自分の服と荷物を確認して、肩から羽織《はお》った柚木のジャケットを脱ぐ。改めて見ても、薔薇《ばら》の花びらのようなドレスは無残としか言いようがない有様だ。

自分でもギョッとしたくらいなので、柚木はもっと驚いたのだろう。

「大丈夫か⁉」

「見た目よりは大丈夫だと思うわ」

とりあえず笑ってみせたものの、彼の顔はまだ曇っている。

「痣《あざ》ができてるぞ」

「え？　どこどこ？」

自分の体を見回すと、肩や脚に青痣《あおあざ》ができているのが見えた。あちこちぶつけたから、その時のものに違いない。

剥《む》き出しの肩に大きな手が乗る。温かい、柚木の手だ。

痣《あざ》に触れないように、ゆっくりと撫でられる。

「殴られたのか？」

「いいえ」

首を横に振ると、彼はホッとしたような顔になった。

「俺がもっと早く助けに行けば……」

その顔には後悔の念が浮かんでいる。

「――どうしてそばにいてくれなかったの？」

ずっと言いたかった言葉がようやく言えた。

けれど、柚木の顔が歪《ゆが》んだのを見て、心がずんと落ち込む。

ああ、わたしはまた間違えたのだろうか。

「……好きだから」

「……え？」

思いがけない言葉に驚く。窺《うかが》うように彼の瞳を覗《のぞ》き込むと、柚木は照れたように少し笑った。

そんな顔、初めて見た……

沈んだ気持ちが一気に舞い上がる。

浮き沈みの速さに、自分でもついていけない。

「最初はなんて女だって思ってた。顔を合わせれば、ろくなことがなかったからな。でも、どんどん成果を挙げていることを尊敬してもいたよ。なんてやつだと思っても、最初から気になって仕方がなかった。そばにいれば、きっともっと惹《ひ》かれていくのはわかっていたんだ。だから、必要以上には近寄らなかったし、そっけない態度を取ってた」

彼が一気に言う。

「どうして惹《ひ》かれるのはだめなの？」

「どうしてだろうな。なんとなく、怖かったのかもしれない」

「なにが？　わたしが？」

「自分の気持ちが、かな。自分でも理解できなかったから」

柚木が自嘲《じちょう》気味に笑った。

自分の気持ちが理解できなかったのはわたしも同じ。そう思ったらなんだか安心する。

「警護課にボディガードの依頼が来て、対象者がお前だと聞いて、自分がやりたいって言ったんだ。そばにいたらもしかしたら、自分の気持ちがわかるかもしれないと思って。それそばにいてもお前は相変わらずで。なのに俺は自分の独占欲を抑えられなかった。それが恋愛感情だということを、ようやく受け止める気になった時にあいつが、橘が現れて。あきらかに胡散臭《うさんくさ》かったのに、お前は全然気にしてなかったし」

「あー……」

まあ、今思えば確かに怪しくはあったけど。

「張り合っているのがバカらしいのはわかっていても、どうしようもなかった。それで、あのことがあって……腹が立つけど、あの男に言われて目が覚めたんだ。お前が狙われていることを、どこかで忘れてしまっていた。ボディガード失格だと言われても仕方がない。本来なら、職務放棄で解雇されても文句は言えない失態だ。俺は二人のことをちゃんとする前に、問題を解決するのが先だと思った。だから、そっちに集中することにしたんだ」

こんなに話す彼を初めて見た。少し苦しそうでそれでも真摯《しんし》に語る姿に、わたしの中の困惑とわだかまりが消えていく。

つまり、わたしのことは好きだけど、先に事件を解決しようとしていたってわけよね。だったら、そう言ってくれたら良かったのに……

「で、結局、橘さんは何者だったの？」

彼の豹変《ひょうへん》の理由がまだよくわからないわたしがそう尋ねると、柚木は「ああ」と頷《うなず》いた。

「なんでも屋だよ。もう一人の男とコンビを組んで、いろんなところから汚い仕事を請け負っていたようだ。最初から怪しいと思って、社長に頼んで調べてもらってたんだ。俺がお前のそばから離れたら、なにか動きがあるんじゃないかとも考えて、怪我を理由に現場を離脱して、わざとあいつをパーティに入り込ませた」

柚木の言葉を聞いて、わたしははっとした。橘さんの話をしている場合じゃない。

「怪我！　そうよ、怪我は大丈夫なの？」

柚木の顔を見上げる。まじまじと見たものの、目のまわりも額《ひたい》にも、傷痕らしいものはない。

「ああ、心配かけて悪かったな。あれくらい大したことはない。でも、これで一旦離脱できるととっさに考えたんだ。そのあとは、橘とあの怪しい男の接点を見つけて、証拠を集めた。仕掛けてくるなら、今日のパーティだろうと読んではいたんだ。ずっとマークはしてたんだが、あの男が騒ぎを起こして、その隙にお前が消えてしまった。あとはまあ、知っての通りだ」

「二人とも捕まったの？」

「ああ。でもあいつらが依頼人をばらすとは思えない。プロだからな。でも、二人が捕まれば、相手側もおとなしくなるだろうと、社長たちは考えている」

「なるほど」

それなりの企業なら、これ以上危ない橋は渡れないということか。

「これで、お前は安全だ」

柚木がわたしをまっすぐに見ながらそう言った。

「そうみたいね」

「ボディガードも、もう必要ないそうだ」

「そうなの？」

「そうだ。もう送迎もないし、仕事中につき添うこともない」

「あ……」

それは当然そうなんだけど、柚木の口から改めて言われてしまうと……

「寂しいか？」

「そうね、寂しいわ」

正直に答えると、彼は一瞬ホッとしたような表情になる。

「だったら、仕事が終わったあとに会いに行く。もちろん朝も」

「え……？」

「仕事ではそばにいられないが、プライベートは別だ」

「え、それって……」

「恋人ならそれが普通だろう？」

「恋人……」

頭の中がうまく動かない。完璧に固まったわたしを見て、柚木が笑った。

「改めて言わないとだめか。桃井志乃、お前のことが好きだ。俺と、つきあってほしい」

「……本当に？　わたしでいいの？　わたし、変人よ？」

「知ってる。知りすぎるほど。それが良い、お前が良いんだ」

柚木の言葉が全身に沁みてくる。

「柚木‼」

彼の胸の中に飛び込み抱きついた。ドスッと音がして、彼はうっと呻《うめ》いたけど、すぐに抱きしめ返してくれる。

「わたしも好き。柚木……」

「駿だ。名前で呼んでくれ」

「駿……」

「志乃」

低い声がまるで魔法みたいに、わたしの体を包み込む。無意識に身を寄せると、さらにぎゅっと抱きしめられた。

彼の匂いを吸い込む。気持ちがようやく満ち足りる。

ゆっくりと顔を上げると、柚木――駿の顔が近づいてきて、すぐに唇が重なった。

わたしは思いっきりつま先立ちになりながら、駿の首に腕を回す。

唇を合わせるだけのキスはすぐに深くなり、開いた口の中で互いの舌が絡まった。

駿の顔をさらに引き寄せ、一心不乱にキスを続ける。

お互いの息遣いと濡れた音が聞こえる。

ふいに体がふわりと浮いた。駿に抱き上げられたようだ。そのまま部屋の中を移動していく。

しがみつかなくてもしっかりとかかえられていることがわかっているから、安心したままキスを続けつつ、期待で体を熱くした。

きしむ音と同時にそっとベッドの上に下ろされる。唇を離して目を開けると、さっきの部屋とは雰囲気の違う部屋にいた。でも、豪華なことに変わりはない。

天蓋《てんがい》つきの大きなベッドの横には大きな窓があるものの、外を見る余裕はない。

ベッドに膝をついた駿が蝶ネクタイを外し、シャツを脱いだ。引きしまった素肌が見え、わたしをドキドキさせる。

腕を伸ばすと、かぶさるように彼の体が下りてきた。裸の彼を引き寄せ、心地良い重みを感じた次の瞬間、背中に痛みが走る。

「痛たっ」

「どうした!?」

慌てた駿が素早く体を引く。

「背中が痛いの」

痛みに顔を顰《しか》めるわたしの体を、慎重に調べてくれた。

「脱がせるぞ」

破れたドレスと下着を取り去る。自分の素肌が空気に晒《さら》され、恥ずかしいと思う前に、駿にぐるんと体をひっくり返された。

「酷《ひど》い痣《あざ》になってる」

「あー。さっきぶつけたんだわ」

「平気か？」

「ん。強く押されなければ大丈夫、かな」

駿はしばらく沈黙したあと、ベッドの上に仰向けに寝転がった。そしてわたしを自分の体の上に引き上げる。

「わっ」

およそ色気のない声に、彼は苦笑する。わたしの背中をゆっくりと撫でながら、もう片方の手でわたしの髪をかき上げた。

「痛くないか？」

「うん、大丈夫」

わたしの返事に満足げに頷《うなず》くと、にやっと笑う。

「主導権はお前にやろう」

「まあ」

駿の顔を見下ろし、わたしは彼の肌の感触を確かめる。筋肉で引きしまった体は滑《なめ》らかで温かい。

目を見つめてそっと顔を近づける。唇が触れ合いそうな位置まで来ると、駿が頭を上げて迎え入れるようなキスをしてきた。

わたしは彼の頬《ほお》を手で覆《おお》う。自分の舌で彼の口の中を愛撫し、絡んだ舌を吸い上げ、それを何度も繰り返した。

触れ合った肌が熱を持つ。駿の手がわたしの頭を包み、髪を撫でた。そのまま手を滑らせ、背中まで触れる。

体がどんどん熱くなってくる。

それは駿も同じようで、わたしの太ももあたりに当たっている彼自身は、かなり硬く熱くなっていた。

彼の手が背中を這《は》い、そしてわたしのお尻を掴む。

「あんっ」

びくんと腰が揺れ、期待に胸が膨らんでしまう。

長い指が後ろからわたしの中心に触れた。

「やっ……」

そこはすでに濡れ始めているのがわかる。蜜を広げるように襞を撫で、彼は脚でわたしの脚を広げた。

「んんっ」

触りやすくなったからか、彼の指はくちゅくちゅと音を立てて何度もそこを擦《こす》る。じわじわと快感が広がっていく。

「あん、だめ」

自分でだめと言いつつも、わたしは自然と駿の指にそこを押し当てていた。たっぷりと濡れ始めたそこに、指がゆっくりと沈んでいく。

「あぁ……」

彼は反射的に逃げようとするわたしを片手で押さえ、激しく唇を吸い上げる。その間も指は動き続け、わたしはそこをさらにびしょびしょに濡らした。

すでに剥《む》き出しにされた突起を、彼の指がリズミカルに押す。その動きに合わせて、自分の体も揺れる。

痺《しび》れにも似た快感が何度も訪れ、彼にされるがまま揺れていた。

ふいに駿が、ひと際強く突起を擦《こす》る。

「ああっ、ん、だめっ」

思わず唇を離し、彼の首に顔を埋《うず》めた。体をがっちりと押さえられ、その指からは逃げられない。

「あっ、だめ、イッく……」

「イケよ」

耳元で駿が囁《ささや》く。低いその声は官能的で、ざわりとした快感が耳の中から全身に広がっていくようだ。

いくつもの愛撫を受けて、わたしは一瞬で絶頂に達した。

「ああっっ」

彼にしがみつき、ビクつく体と荒い呼吸を落ち着けようとする。

その間に、駿が片手を伸ばしてなにかを探《さぐ》った。

彼の準備を待つ間も、片手で撫でられ、うっとりと目を閉じる。

呼吸がまた荒くなる。体の中心はまだ痺《しび》れていて、溢《あふ》れた蜜が太ももを濡らした。

主導権はわたしにと言ったくせに、ずっとされるがままだ。

悔しいけど、でも駿に触られるだけで溶かしバターみたいに蕩《とろ》けてしまうのだから仕方がない。

いつの間にか準備を終えた彼のそれが、わたしの脚の間に収まった。下から、丸い塊《かたまり》が襞に触れている。

指が再びわたしのそこを愛撫して蜜を塗り広げた。わたしは体を起こし、自分の腰を動かして、中心にそれを押し当てる。

「うっ……」

蜜をまとったそれが、少しずつわたしの中に入ってくる。駿がわたしの腰を両手で支え、下から突き上げた。

わたしは彼のお腹に手を置いて、背中を反らせて体を沈めていく。

押し広げられる感覚。内側を刺激され、たっぷりと溢《あふ》れた蜜が互いを濡らす。

「はあ……」

息をゆっくりと吐き、さらに深く受け入れると、ぴったりと合わさった。

駿の手がわたしの腰を前後に揺する。つながった場所が擦《こす》れ、新しい快感が生み出された。

「あっ、気持ちいい……っ」

すぐに夢中になり自分でも腰を振る。彼の体に濡れたそこを押しつけ、一番感じる場所を探していった。

太ももで彼の脚をぎゅっと挟み、まるで馬に乗るみたいに、何度も繰り返し体を振る。快感がつま先から脳天まで突き抜けていった。

「ああっっ」

ぎゅっと太ももで駿の体を押さえつける。痺《しび》れるような快感の余韻を追い求めた。

しばらくして力の抜けた体を、彼が手で支える。うっすらと目を開けると、こちらを見上げる彼と目が合った。

その顔はうっすらと赤く高揚《こうよう》している。そしてわたしを見る目は、熱っぽくとろんとして、その欲望をあからさまに示していた。

二人とも汗と愛液で濡れ、心臓はばくばくと激しく脈打っている。

はあはあと息を吐くわたしを駿の手がゆっくりと撫でた。わたしの内側の彼自身はまだ硬さと熱を保ったままだ。

彼のお腹に手を置いて、わたしは呼吸を整えようとした。けれども、彼はわたしの腰を持ち、またゆっくりと前後に揺らし始める。彼の肌が突起を刺激し、硬いそれが襞を擦《こす》った。

「んんっ……ああ……」

意味をなさない声が、口から洩《も》れる。

ぐちゅぐちゅと音を立て、わたしは自《みずか》ら腰を揺らす。駿のそれは絶え間ない快楽をわたしに与え続けていた。

「ああ……」

目をぎゅっと閉じて彼にしがみつく。すぐに彼がわたしの腰を掴み、さらに強く速く動き出した。

「ああっっ」

強い刺激に体が痺《しび》れる。何度も強く突かれて、かすかな痛みすら感じた。

「あっ、あんっ、ああんっっ」

彼が動くたびに濡れた音が部屋に響く。心臓があり得ないほど速く動いていた。

「あんん！」

ひと際強く突かれ、わたしは体を倒して駿にしがみついた。

動きを止めた彼も、わたしの体をぎゅっと抱きしめる。痛めた背中の痣《あざ》には触れない。

彼は最初から器用にその場所を避けていた。

彼の心臓は、わたしと同じように速く動いている。

駿がわたしの頭を撫でながら、掠《かす》れた声で囁《ささや》いた。

「痛くないか？」

「……平気よ」

今は背中の痛みよりも快感のほうが大きい。なにもかも忘れるくらい、ただ快楽に溺れている。

二人でしばらくの間そのままでいた。でも、わたしの中にある駿はまだ硬さを保ったままだ。

つながったまま、駿がゆっくりと体を起こす。わたしを抱きしめながら、腰を持ち上げ、中から自身を引き抜く。

「あ……」

途端にぽっかりとした喪失感を覚える。

彼は慎重にわたしをベッドの上にうつ伏せに寝かせた。

「大丈夫か？」

「ん……」

柔らかなマットレスのおかげか、直接痣《あざ》に触れていないからか、痛みはほとんどない。

枕に顔を埋《うず》めていると、そっと近づいてきた彼が背中にキスをした。

「あ……」

痛みの代わりにかすかな快感が走る。キスをされるたびにびくびくと体が震えた。

そして駿の手が、わたしのお尻に触れる。ゆっくりと撫でるように動いた。

「痛かったら言えよ」

わたしの腰が持ち上げられる。膝立ちになってお尻を駿のほうへ突き出すような、恥ずかしい格好になった。

「な、なにっ⁉」

「大丈夫だ」

混乱するわたしを宥《なだ》めるように、今度はお尻にキスしてくる。

「やんっ」

顔をできる限り傾けてみたものの、彼の姿は見えない。駿はわたしのちょうど真後ろにいて、さっきからずっとお尻を撫でている。

そして、彼の指が中心に触れた。

「あ！」

思わず声が出る。それから、指がゆっくりと奥まで入ってきた。

「ん……」

中をじっくりと探《さぐ》るように動き、別の指が敏感な突起を弄《いじ》る。

「あぁんっっ」

強烈な刺激にお尻が揺れた。

彼はぐちゅぐちゅと音を立てて何度も指を出し入れし、わたしを高みへと駆り立てる。

あまりの気持ち良さに枕に顔を押しつけたその時、駿がそこにキスをした。

「やあっっ……」

思わず顔を上げ、大きく背中を反らせる。でも、彼の手がお尻をがっちりと掴んでいて、それ以上の身動きはとれない。

「いやあぁ」

枕に頭を押しつけ、ふるふると首を振った。彼は舌で襞を舐め、そして敏感な突起に吸いつく。

「ああっ……!!」

痺《しび》れるような快感がどっと押し寄せてきた。

彼の舌の動きに合わせて、次々と快楽が生み出される。びちゃびちゃと濡れた音だけは聞こえるが、自分のそこがどうなっているのかはわからない。

駿がまた突起に吸いついた。そして軽く歯を当てる。

わたしは一気に駆け上がった。

「っああ！　イク！」

中からまたドッと愛液が溢《あふ》れてくる。

「随分濡れてきたな」

駿が掠《かす》れた声で言った。

恥ずかしくて、なにも言えず、わたしは枕に顔を埋《うず》める。

まだじんじんと痺《しび》れているそこを、彼の舌が何度も舐めた。濡れた音が大きくなる。

じゅるじゅると啜《すす》るその音を聞きながら、わたしはただ体を震わせた。

「そ、そんなことしないで……」

言ってはみたけど聞こえていないのか、彼はずっと舌を使って愛撫を繰り返す。

襞を舐め、蜜が溢《あふ》れる中心に舌を差し込む。きっとぷっくりと膨らんでいるだろう突起にも舌を這《は》わせ、何度も吸い上げた。

「もうっ、気持ち良すぎる……」

わたしのそこはもうぐちゃぐちゃだ。水音はさらに大きくなり、シーツも濡らしている。何度も与えられる快感にガクガクと脚が震えた。

駿が唇を離したかと思うと、そこに昂《たかぶ》ったそれが当たる。

「えっ……。ま、待って」

「無理だ。今すぐ欲しい」

少し焦った声のあと、彼自身が一気に入ってきた。

「ああっ……！」

その圧倒的な質量に息が止まる。

深く深くつながっていき、押し広げられる感覚と中を擦《こす》られる快感がまた訪れた。

「くっ……いいぞ」

駿の呻《うめ》き声が聞こえた。彼のそれはすっぽりとわたしの中に収まり、最奥まで届いている。

「ああ……」

欠けていたパズルのピースが埋まったような、なんとも言えない安心感が広がっていく。

崩れ落ちそうになる膝を、駿ががっちりと支えてくれた。

また背中にキスをされる。

「んんっ」

　新しく加わった刺激に膝がガクガクと震える。駿の手がわたしの髪をかき上げ、露《あら》わになった耳を舐めた。

　そして、とうとう待ちわびていたリズムが刻まれる。

「あっ……っ。あんっ、あ、んんっ」

　パンパンと体をぶつける音が部屋に響く。強く擦《こす》られ、痛いのか気持ち良いのかわからなくなってきた。

「志乃、志乃っ……」

　駿が囁《ささや》く。

　心臓があり得ないほど速く動き、全力疾走後みたいに息が荒くなる。

　わたしを攻め続ける彼は、どこまでも硬くて熱い。

　わたしの腰を掴み、さらに激しく動き出した。

「あんっ、あんっ……っ」

　その動きは乱暴にも思えるけど、痛みはない。背中の痣《あざ》にもまったく触れていない。

　わたしが感じているのは、純粋な快楽だけだ。

　激しく突きながら、彼の手がわたしの突起に触れた。

「っやあ……っ」

　腰を動かしながら、同時にそこを愛撫する。濡れた指が触れるそこから、またぐちゅぐちゅといやらしい音が立った。

「ここが好きなんだよな。ほら、また濡れた」

駿が掠《かす》れた声で言う。悔しいけどその通りだ。

体のすべてを彼に征服されたようだ。彼はわたしのなにもかもを奪いつくそうとする
みたいに、激しく動く。

与えられる刺激が強すぎて、わたしは今日何度目かの絶頂を迎えつつあった。

「ああっ、またイク……！」

「何度でもイケばいい。何度でもイカせてやるから」

駿の声を聞きながら、またぐっと背中を反らせる。

彼が力強く腰を打ちつけ、首筋に咬《か》みつくようなキスをした。その瞬間、頭の中で火花が散る。

「……ああっ」

今度こそ耐えきれなくて、そのままベッドに倒れ込む。うつ伏せになった状態で、荒い呼吸を繰り返した。

つながっていたそれを抜き、彼が隣にごろんと寝転がる。

「大丈夫か？」

手を伸ばして顔に張りついた髪を払ってくれた。

「……だ、大丈夫じゃない」

喘《あえ》ぎすぎて声がガラガラだ。

「痛むのか？」

「いいえ」

背中の痣《あざ》のことを言っているなら、まったく平気だ。

「……でも、もう心臓が壊れそう」

まだ体のどこにも力が入らない。

そう答えると、目の前で駿が笑った。

うっとりするほど素敵な笑顔だ。

わたしの恋人はなんて素敵な人なんだろう。

なんてちょっと感動していたのに、彼は大きな手でわたしの頭を撫でながら、無情なセリフを吐いた。

「もうちょっと頑張ってくれよ。こっちはまだ満足してないんでね」

「……う、そ」

思わず目を見開く。

彼はにやりと笑って、わたしの体を抱き寄せた。太ももあたりに、まったく硬さを失っていない駿自身が当たる。

「えー……」

確かに、駿は一度も達していないけど……

目を丸くするわたしを、彼がまた自分の体の上に乗せた。痣《あざ》に触れないように背中を撫でる。

わたしの髪をかき上げる彼の手は優しい。もう疲れて動けないはずなのに、また心臓がドキドキし始めた。

「もう少しつきあえよ」

掠《かす》れた声が聞こえた直後、唇が重なった。大きな手で頬《ほお》を包まれ、開いた唇の隙間から駿の舌が入り込んでくる。

「ん……」

呻《うめ》きに似た声に含まれる甘さに、自分でも驚く。

悪魔め。そんなことしても、もう無理よ。

なんて思っていたのに、何度もキスをして絡まった舌を吸われると、また徐々に体が熱くなってくる。

わたしって快楽に弱いのかしら？　いや、この男に弱いのだ。

背中にあった駿の手が動き、またわたしのお尻を撫でた。そして両脚を広げるように太ももを掴む。

「あ……」

晒《さら》されたそこはまだ疼《うず》いていて、たっぷりと濡れたままだ。彼の指がそのぬかるみに触れた。

「んっ！」

体の上で身を捩《よじ》るわたしを、彼の手が優しく押さえつける。

指がまたわたしの中に入り込み、もう何度も弄《いじ》られたせいですっかり敏感になっている突起を、さらに愛撫した。

「あんっ。もうだめだってば」

そう言ったところで彼の手が止まらないことはわかっている。

「まだイケるさ。俺はまだ全然足りない」

駿が熱っぽく言った。

もうすべての体力を使い切ったはずなのに、期待している自分がいる。新たに溢《あふ》れる愛液がシーツを濡らしているのがわかった。

自分から脚を開いて位置を合わせ、ぬかるんだそこに彼のそれが当たるようにする。

「っ……」

今度は駿が息を呑んだ。わたしのそこから指をさっと退《しりぞ》けて、太ももを支えつつ、腰を持ち上げる。

「ん、ああ……」

先端がゆっくりと入ってくる。もう何度も受け入れているのに、その部分は大きくて体の力を抜かないとうまく入らない。

腰を少しずつ沈め、一番太い部分が入ると、あとは難なくスムーズに収まる。

わたしの内側は駿でいっぱいになった。柔らかな肉は彼自身にまとわりつき、一分の隙もない。体と心が同時に満たされていくようだ。

彼の手がわたしのお尻をそっと揺すった。

「あんっ……」

襞が引きつれ、また快感が走る。

彼の体の上でゆるゆると動く。不安定な体勢ではあるが、駿がしっかりと支えてくれているので落ちる心配はまったくなかった。

しばらくして、彼が動きを少し速める。

「やっ、あん」

わたしはただぎゅっと彼にしがみついて、与えられた快楽に身を委《ゆだ》ねる。でも、波のような快感だけじゃ物足りなくなってきてもいた。

つい腰を少し動かす。

「うっ……」

駿の呻《うめ》き声を聞きながら、ゆっくりと自分の体を起こした。

太ももで彼の脚を挟み、つながったまま彼のお腹に手を置く。硬い彼自身がさらに奥深い場所を刺激して、体の奥がまた痺《しび》れた。

「ああっ……」

ゆっくりと息を吐き、呼吸を落ち着ける。彼によって奪われていた体力は少しずつ戻っていた。

駿を見下ろすと、いたずらっ子みたいな目でわたしを見返している。

「やる気になったか？」

挑発的な言葉に、わたしもなんとか笑顔を返す。

「軽口を叩けるのも今のうちだからね」

言い返すと、彼の手が上がってきて、わたしの胸を包んだ。

「あんっ」

不覚にも思わず声が出てしまう。

「そのセリフ、丸々返してやるよ」

駿がまたニヤリと笑う。悔しいけど、どうしようもない。

彼の指先に先端を愛撫された胸は、すぐに硬く立ち上がる。下から揉《も》みしだかれ、今までとは違う快感に奥の疼《うず》きが増した。

胸を揉《も》まれながら、自分から腰を動かしていく。敏感な部分が擦《こす》れ、強い刺激を感じた。

体を反らせて一番感じる部分を擦《こす》りつけると、ぐちゃぐちゃと水音が響く。

「ああだめ、気持ちいい……」

ぎゅっと目を閉じて、まるで駿を攻め立てるみたいに体を動かす。彼も片手でわたしの腰を掴み、押しつけるようにがしがしと動いた。

「もっと良くしてやる」

「ああっ。いいっっ」

強い快感に、頭の中は真っ白だ。

「乗りこなせよ。俺を、乗りこなせ」

彼は荒い息を吐き、掠《かす》れた声で言った。

言われるがまま、速く、強く腰を動かす。全速力で走っているみたいに、声すら出せず、ひたすら体を擦《こす》り続けた。

「いいぞ、もっとだ。もっと俺を奪え、奪ってくれ」

駿が煽《あお》ってくる。でもその声に余裕はなさそうだ。

わたしは、中心から生まれる強い快楽を逃さないことに集中した。さらに強く腰を押しつけ、駿自身を扱《しご》き上げるように、内側に力を入れる。

「っ……ああ、いいぞ。そうだ」

彼の口からうわ言のように洩《も》れる声。そこにはあきらかな快楽が滲《にじ》んでいて、彼自身も絶頂に近づいていることがわかった。

「全部奪いつくしてくれ」

彼が呟《つぶや》き、その両手がわたしの腰に回る。そのまま強く擦《こす》りつけるように動き出した。

お互いが一番刺激の強い場所を探《さぐ》りつつ、少しずつ動きを合わせていく。絶え間なく動く腰が、甘い痺《しび》れを生み続けた。

「ああ……イキそう」

目の前に迫ってきた絶頂にぎゅっと目を閉じると、視界が赤く染まる。

「一緒に……志乃、一緒にイクぞ」

声が聞こえたと同時に、ひと際強く突かれた。

「ああっっっ!!」

「うっ」

痺《しび》れが一気に体を走り、脳天まで突き抜けた。それと同時に彼がわたしの中で爆《は》ぜ、どくどくと脈打ちながら震える。

快感が全身に広がっていき、徐々に体の力が抜け、わたしはまた駿の上に倒れ込んだ。

彼の手が背中を撫でる。心地いいけどもう反応できない。

「――ど、どう？　わたしの勝ちじゃない？」

「……勝負をした覚えはまったくないけどな。まあ、そっちの勝ちで良いさ」

駿の疲れた声に、こっそりと笑った。汗で濡れた背中をゆっくりと撫でる手は、温かくて気持ちいい。わたしは何度も深く息を吐き、呼吸を整えた。

疲れが一気に押し寄せ、あっと言う間に睡魔が訪れる。

「――今日のところはな」

眠りに落ちる直前、そんな彼の声が聞こえたような気がした。


目が覚めると、部屋の中が明るかった。

わたしは、ここが自分の部屋ではないことをすぐに思い出す。

裸で横向きになっているわたしの目の前に、駿が眠っていた。頭の下には彼の腕がある。

これは腕枕と言うやつだ。

夕べはあのまま眠ってしまったので、体がまだべたべたしているように感じる。ぐっすり眠っている駿を起こさないようにそっとベッドから下りた。

まわりには昨夜脱いだ服が散らばっている。彼の服はともかく、わたしのドレスはボロ雑巾みたいだ。

下着だけはなんとか無事だったので、それだけを持ってバスルームに向かった。

改めて見ると、この部屋はいわゆるスイートルームらしい。半ば探検気分でうろうろして、なんとかバスルームを探し出した。

部屋が豪華なのはもちろん、バスルームも驚くほど広くてきれい。

熱いシャワーを頭から浴び、高級そうなアメニティで化粧を落とす。いつもより濃いメイクだったから、すっきりとした気分になった。髪と体を洗いながら、自分の体を確認する。

あちこちに痣《あざ》ができていた。

駿との熱い一夜の思い出……ではなく、大半は橘さんとの乱闘のせいだ。

全身を洗い終わり、ふかふかのバスタオルで体を拭《ふ》いて髪の毛を半乾き程度まで乾かす。下着をつけ、とりあえず備《そな》えつけのバスローブを羽織《はお》った。

さすがは高級ホテルのスイートルーム。バスローブも驚くほど着心地が良い。

「なにこれ、ふっかふかじゃない」

思わずどこのメーカーだろうとタグを確認してしまった。

バスルームを出て、また寝室を覗《のぞ》く。駿はまだ眠っているようだ。

今度はリビングに置きっぱなしの自分の荷物を確認した。同時に、部屋のインターホンが鳴る。

「わ、びっくりした」

思わず声に出しつつ壁に備《そな》えつけてあるモニターを見ると、ドアの向こうに立っていたのは社長だった。

「あら」

自分の格好を見下ろす。

バスローブだけど、まあ大丈夫でしょう。

玄関に向かい、ドアをそっと開けた。

「おはようございます」

「……おはよう。大丈夫かな？」

「ええ、おかげさまで」

どうぞと中に促《うなが》すと、社長は微妙な顔で部屋に入ってきた。手にはなにやら紙袋を持っている。

「どうかされたんですか？」

なんとも言えない表情のままの社長に、わたしは尋ねた。

「ああ――」

社長が口を開きかけたところで、寝室のドアが開く。

「――志乃？　どうした？」

出てきた駿は、腰にシーツを巻きつけただけの格好だ。

なんてセクシーなの、と思っていると、顔を上げた彼が社長を見てぴきんと固まる。

これはもしかして、やばい展開なのでは？

すかさず彼の前に立ち、社長に向き直った。

「だ、大丈夫です。責任はわたしが取ります。彼を幸せにしますから」

自分でもなにを口走ったのかよくわからなかった。

「おいおい。それは俺のセリフだろう」

我に返った駿が呆れた声で言う。

社長はそんなわたしたちを見て、さらになんとも言えない表情になった。

「――まあ、そういうことなら良かったと言っておこう。雛子に言われて、柚木の着替えを持ってきた。チェックアウトは十二時だ。それまでゆっくりしてくれ。なにを頼んでも構わない」

社長は言うだけ言うと、紙袋を置いて逃げるように出ていった。

また二人になり、駿が大きなため息をつく。

「いろいろやばくないか？　俺……」

その声は珍しく不安そうだ。

「大丈夫じゃない？　ああ見えて、社長って親切だし」

はいと、紙袋を渡す。

駿はわたしをじっと見て、それからふっと声を出して笑った。

「お前が言うならそうなんだろ」

わたしから紙袋を受け取った彼は、バスルームに消える。

彼の明るい顔を思い出して、わたしも自然と笑顔になった。これまでのモヤモヤした気持ちはもうまったくない。

「よーし、朝ご飯注文しちゃお」

ルームサービスのメニューを見ながら、バスルームから駿が出てくるのをウキウキしながら待った。

13

豪華ホテルのスイートルームで美味《おい》しい朝ご飯を食べ、二人でチェックアウトぎりぎりまでゆっくりと過ごした。

社長は駿の服の他に車も用意してくれていた。

わたしはラッキーだと思ったけど、彼はかなり焦っていた。

家までは車で送ってもらい、週末はほとんど寝て過ごした。駿から何度か電話をもらったけど、疲れが溜まっていたせいでそのたびに寝ぼけ声で応答したので、呆れを通り越して心配されてしまったくらいだ。

十分な睡眠で英気を養い、月曜日の朝は張り切って起きる。けれど、マンションのエントランスにもう誰も護衛がいないことに幾分かの寂しさを覚えた。

昨夜、駿から電話で、しばらく忙しくなるから、個人的にも一緒に行けないと言われている。

久しぶりに一人で電車に乗って出社した。会社に近づくと、いつもとは違う雰囲気を感じる。

不審に思っていると、入り口でいつも見かける守衛さんに「大変でしたね」と声をかけられた。それを皮切りに、まわりにいた人から同じような言葉をいくつももらう。

なるほど。あのパーティで起こった騒動が、あっと言う間に社内に広がっているようだ。まあ、あれだけ大勢の社員が参加していたので、仕方がないか。

どんな内容で伝わっているのか確認してみると、パーティに暴漢が忍び込み、わたしが襲われそうになった、ということだ。

それ以上のことは伝わってはいないらしい。

とりあえずわたしは、パーティの最中に暴漢に襲われそうになった可哀想な人となり、雛子さんやさくらたちは、我が社の防犯グッズで暴漢を撃退した英雄になっていた。まあ間違いではない。

顔を合わせる人たちから口々に心配され、それに一つ一つ返事をしているうちに、ラボに着いた。いつもより三十分以上遅くなっている。

「カチョー、遅刻ですよ。体調は大丈夫ですか？」

さくらが心配そうな顔で迎えてくれた。

「おはよう、さくらちゃん。心配かけてごめんね。元気なんだけど、みんなに捕まってしまって」

わたしが言うと、さくらがああと納得したように笑う。

「カチョーは元々有名人でしたけど、パーティの一件でさらに有名になっちゃいましたからね」

「さくらちゃんだって、英雄扱いになってたわよ。まあ、人の噂も七十五日。そのうち静かになるでしょう」

「噂じゃなくて、ほぼ真実ですけどね」

さくらの声を聞きつつ、荷物を置いて白衣に着替える。

今日はなにをしようかと思って研究室を見回すと、どこか違和感を覚えた。

「また二人っきりに戻りましたねえ」

さくらがぽつりと言った。

――ああ、そうか。

もうボディガードは必要なくなった。当然、駿も安藤さんもいない。影のように控えていた二人がいなくなると、途端に部屋ががらんとする。

「やっぱりギャラリーは多いほうが良かったなあ」

「そうねえ、寂しくなったわね」

「多少はぎゃあぎゃあ言うやつがいると、楽しいですよねえ」

……ぎゃあぎゃあ言うやつ？

「そう言えばさくらちゃん、安藤さんと仲良くなったの？」

「はい。やっぱり夜通し酒を酌《く》み交わすと仲良くなれるものですね」

「雛子さんのおうちに伺《うかが》ったの？」

「そうなんですよ！」

さくらのテンションが上がる。

「さすがは社長宅。たっかいお酒がわんさかありましてね。遠慮なく飲ませてもらいましたよ。で、途中から雛子さんの斬新な料理大会が始まって、社長のあんな顔、見たことなかったから、ものすごく面白かったですよ！」

「そう……」

斬新な料理大会ってなんだろう。本気で楽しそうだ。それに、社長の〝あんな〟顔が気になる。

「楽しそうでよかったわ」

安藤さんも。

彼女にわたしが同情することはできないし、なにも言えない。ただ、もう少し仲良くなれたら良かったなとは思う。

「まあカチョーほどじゃないですけどね」

さくらが意味深に笑ったのを見て、その意味に気がついたわたしは、頰《ほお》を火照《ほて》らせる。

「……もう」

「どうでした？　最上階のスイートルーム」

「……え、最上階だったの？」

「あれ？　気づかなかったですか？　眺《なが》めがすごく良いって有名らしいですよ？」

「窓を見た記憶もないわ」

「……まあ。カチョーもきっといろいろ忙しかったでしょうからね」

それ以上口を開くと、余計なことを口走りそうだったので、うんうんと頷《うなず》くさくらにわたしはなにも言えなかった。

それから数日の間はまわりがざわざわしていたけれど、しばらくすると徐々に落ち着いてきた。

警察の事情聴取もあって、わたしは社長がつけてくれた顧問弁護士と一緒に一度だけ応じている。とはいえ、わたしはその時の状況をまったく把握していなかったため、簡単な質問に答えただけで終わった。

さくらもいつもの平常運転に戻り、寂しくも、これまでと同じように二人で開発を続けた。

パーティでの騒動でホテルに与えた損害により会社はかなりダメージを受けたようだ。多分例の催涙《さいるい》ガスによる大混乱と、粘着投網《とあみ》によるものが大きいと思う。あれのせいで、大広間の大量の食器が割れ、テーブルクロスやふかふかの絨毯《じゅうたん》がだめになってしまった。けれど、わたしの防犯グッズの実用化は一気に進んだ。商品化できればその損害を埋めて余りある利益が見込めることから、社長はなにも言ってこない。

ちなみに駿とのつきあい自体は順調だ。

そんな彼が久しぶりにラボに姿を見せたのは、あの事件から二週間後のことだった。

「あら、お久しぶりね」

わたしが言うと、懐かしそうに部屋の中を見回す。いや、怖々という感じがしないでもない。

「昨日も会っただろ」

駿はそう言いながらわたしに近づいてきた。

確かに、昨日は終業後に一緒に食事に行ったが、そういう問題ではない。

「柚木さんがここにいてくれることが嬉しいんですよ、カチョーは」

さくらが楽しそうに言う。

「もう、さくらちゃん」

「カチョーが急に乙女モードになるからですよ」

熱い熱いと、さくらが手をひらひらさせ、お茶を淹《い》れるために部屋を出ていく。

「なにかあったの？」

わたしは作業台の椅子を引っ張り出して駿にすすめた。

「事件があらかた解決したんで、その報告だ」

「あら」

そこにさくらが三人分のお茶を持って戻ってきた。

「解決したんですか！　それは良かった」

さくらが座るのを待って、駿が説明を始める。

まず、橘さんはわたしに対する傷害罪ですでに起訴されていた。他にも余罪があること、そしてなんと結婚詐欺での被害届も出ていたらしく、おそらく実刑になるそうだ。

ちなみに橘という名前も、大手メーカーの営業というのも、嘘だった。さらに驚くことに、彼は幾度か整形手術をしていて、本来の顔は全然違うらしい。

まったく、世の中にはいろんな人がいる。

そしてもう一人のあの怪しい男も雛子さんに対する傷害罪で逮捕された。取り調べから余罪がたくさんわかって、こっちも実刑を免《まぬが》れないらしい。

事件の大本であるライバル企業は、不正経理を告発された上、社内で後継者争いが始まったらしく、今はわたしにかまけている暇がないらしい。上層部がそっくり入れ替われば、不正なヘッドハンティングを考えることはないだろうと推測された。

「だから、今回のことはこれで本当に解決したと考えて良いそうだ」

駿の言葉に、さくらと顔を見合わせてほっとした。

「良かったわ」

「ほんとうに。これでやっと安心できますね」

実行犯は捕まったものの、問題は解決していなかった。これでようやく、落ち着いたのだ。

「心置きなく実験に打ち込んでくれ」

駿がそう言ったところで、わたしはふと思い出した。

「あ！　そうだ。見せたいものがあったの。ちょっと待ってて」

ぽかんとする彼を置いて、隣の実験室の倉庫に向かう。

防犯グッズの試作品がたくさん置かれている中に、一つだけ場違いなものがある。このために用意した真っ白のトルソーにかけられた一着のドレス。

薄いシフォンが何層にも重なった花びらのようなドレスは薔薇色《ばらいろ》だ。

白衣と服を脱いで、わたしは慎重にドレスを着た。ハイヒールも履いていないし、髪も化粧も通常通りだけど、それは仕方ない。

鏡はないのでキャビネットのガラス扉でさっと姿を確認して、ドキドキしながら部屋に戻った。

「じゃーん！」

声に出して駿の前に立つ。

さくらはいつの間にか、いなくなっていた。駿はぽかんと口を開け、一瞬声を失ったようだ。

「そ、それは……」

「素敵でしょ？　社長が買ってくれたのよ。今回のお詫《わ》びだとかで」

新しい薔薇色《ばらいろ》のドレスは、あの時のものによく似ているものの、あれよりもさらに豪華だ。

「そもそもレンタルなんだから、弁償するならお店にですよって言ったんだけど、そっ

ちはもう弁償済みなんですって。わたしのはおまけ。ついでに良いアイデアを思いつい
たから、試しにやってもいいって」

そう言って、くるんと回った。シフォンが広がり、薔薇《ばら》の花が咲いたみたいだ。

「どう？」

尋ねると駿が笑った。

「すごくきれいだ。この前は遠くからしか見れなかったんだ」

「見てくれたの？」

「当然。俺が選んだんだから」

やっぱりあの中に駿もいたんだ。嬉しくて、胸がいっぱいになる。

「近くでも見たかったんだけどな」

彼が思い出したように、なんとも言えない顔になった。

「よく似合ってる」

立ち上がり、わたしに近づいてくる。そして両手を広げてわたしを抱き寄せた。

その時——

「——あ！」

「痛《い》って!!」

わたしと駿が同時に叫ぶ。

「な、なんだ⁉」

驚いたような声を上げ、駿はバッと体を離した。驚いた表情で、二人の間を見下ろしている。

「もう。説明しようと思ってたのに」

わたしが言うと、彼の顔が戸惑《とまど》ったものに変わった。

「この前襲われた時、考えたのよ。こんな格好で襲われたら、どうしたらいいのかって。実際、接近戦になったら防犯グッズがあんまり役に立たなかったじゃない。でね——」

そう言って、ドレスの裾《すそ》を持ち上げる。彼の視線はそこに移るけど、眉間に皺《しわ》が寄っただけだ。

「このあたりにね、細かい金属の粉を吹きつけてみたの」

「……金属」

駿が呟《つぶや》いて、恐る恐る指を伸ばした。

「気をつけて。断面に触ると皮膚が切れちゃうから」

「えっ⁉」

ビクッとして慌てて指をひっこめた彼は、もう一度手を伸ばして今度は慎重にドレスを触った。

「……硬い……」

ドレスは一見ふわふわに見えるけど、粉を吹きつけた部分がおろし金のようになっている。金属の種類や粒の大きさによって、その感触は多様だ。今は若干粗めの素材を使っているので、ぎゅっと触ると洋服越しでも痛い。

「いざという時、これなら防具にもなるし、武器にもなるでしょ」

社長にアイデアを話した時は微妙な顔をされたけど、わたしはなかなかのできだと思う。

「ね？」と駿に笑いかけると、ちょっとだけ呆れた顔をしたあと、またいつもの苦笑いに戻った。

「こんなものがなくても、今度こそ俺がお前を守る」

そう言って、またわたしを抱きしめる。

じんわりとした温かな気持ちが心の中に広がった。そっと密着すると、駿の呻《うめ》き声が聞こえる。ドレスの硬い部分が当たって痛かったようだ。

それでも、彼の体は離れなかった。

「痛くないの？」

「我慢できる」

「あらまあ。それならもっと改良が必要ね」

言葉とは裏腹にさらに嬉しくなったわたしは、彼の背中に腕を回してぎゅっと抱きつく。

「痛《い》って!!　くそっ、それ以上動くなよ」

そんなことを言いながらも、駿は腕を離さない。

込み上げてくる笑いに自分の体が震える。

「痛《い》てっ、痛《い》っって、動くな！　少しも動くな！」

わたしが身じろぎするたびに、彼がぶつぶつ言うのが面白くて、笑いがどんどん大きくなってくる。

視界の端《はし》にさくらが戻ってくるのが見えた。手には彼女のスマートフォンだ。

「キャーッ。間に合った、間に合った」

楽しそうに言い、スマホを構えてパシャパシャと写真を撮り出した。

「お、おい。写真を勝手に撮るなよ。くっ……。痛《い》ってっ。くそ、志乃、お前は動くな」

あちこちに文句を言う駿は、それでもわたしを抱きしめたままだ。

まあ、おろし金状のドレスが駿の服に突き刺さって、離そうとしても離れなかったことは、その後わかったことだけど。

「カチョー！　めでたしめでたしですね」

笑いながら写真を撮るさくらに、「そうね」とわたしも笑った。

駿がわたしにくれた誓いの言葉は、どんな発明よりも最強で最高のお守りだ。

戦士の後悔

芳野総合警備保障、本社十二階。警備部中央保安室。

社内にあるすべての監視カメラ、各種警報器を管理している場所だ。広々とした部屋の壁には大量のモニターが埋め込まれていて、社内すべての監視カメラからの映像が映し出されている。

その大きな部屋の片隅にある会議室で俺——柚木駿は打ち合わせを終えた。部屋を出たところで後輩を見つけたので、そちらに向かう。

「あれ？　柚木先輩。珍しいですね、ここに来るなんて」

「ちょっとそこで打ち合わせがあってな。これはなんだ？」

言いながら、彼の隣に座った。彼の席には大きなモニターが三台、三面鏡のように置かれている。

「警報器の管理ですよ。煙《けむり》とか熱とかを感知すると、こっちのモニターにそこの監視カメラの映像が映るんです」

「なるほどな」

頷《うなず》いた直後、パソコンからけたたましい音が鳴った。

『地下二階、商品開発部課長室ニテ煙《けむり》確認』

機械の音声が言う。

地下二階の課長室は志乃の部屋だ。なにか事故でもあったのかと、ひやりとしてモニターを見ても監視カメラの映像は映らない。後輩は涼しい顔のままキーボードを操作し、音をぴたりと止めた。

「大丈夫なのか？」

声をかけると、笑顔で答える。

「はい。商品開発部の桃井課長の実験室ですからね。今日はこの警報器が鳴っても問題ありません。一日に何度も鳴りますしね」

「何度も？」

「ええ、何度も。この警報器は感度が良すぎて、課長のちょっとした実験で鳴るんですよ。課長の実験室には監視カメラがないので、最初は鳴るたびに駆けつけていたんですが、大したことないことばかりで……。それで、実験をする日は前もって助手の方に教えてもらうんです」

機密漏えいの恐れもあって、商品開発室の一部には監視カメラがない。表向きは。ただ、社長ら限られた人間しか見られないカメラがあることは知っていた。

「オオカミ少年じゃないが、本当に危険な状況になってたら、どうするんだ？」

「ああ、その時は専用のが鳴りますんで」

後輩がケロッと答えた次の瞬間、また警報器が鳴った。

『地下二階、商品開発部課長室ニテ煙《けむり》確認』

さっきと同じ声だ。後輩は画面も見ずにキーボードを叩いて音を消した。

確かに思い返すと、しばらく彼女の実験につき添っていた時も、何度もガスやら煙《けむり》やらが充満していた。同じ実験を何百回も繰り返すと言っていたから、同じだけ警報器も鳴るだろう。それならその警報器自体を外してしまえば良いと思うのだが、他の配線と絡んでいて難しいらしい。

「そう言えば、先輩は桃井課長とおつきあいをされてるんですよね」

「……まあ」

どこで聞いたなんて、野暮《やぼ》なことは尋ねない。

例の社内パーティの一件で志乃の名前はさらに広まり、そしてなぜか自分とつきあっていることも知れ渡った。

犯人は社長の奥さんと志乃の助手だと睨《にら》んでいるものの、確証はない。そもそも志乃を助けに行った時、彼女は気づいていなかったようだったけれど、他の警護課の人間もたくさんいたのだ。そこからの可能性もある。

社内で散々噂されているが、元々志乃も自分も表に出る人間ではないので、あまり実害はない。ただ、社長や上司からは公私混同だとチクチクとお叱《しか》りを受けた。

それでも、重い処分を受けなかったのは、志乃の立場によるものが大きい。

彼女は会社にとって重要な人間だ。会社は彼女を常に尊重している。その志乃が俺を恋人だと公言した上、責任はすべて自分にあると言った時点で、ある種、俺は守られたことになる。

もっとも、なにかあった時、自分は即切られるだろう。それについて異論はない。

それにしても、最初の出会いは最悪だった。殺されかけたというのは、大袈裟《おおげさ》でもなんでもない。

志乃のことをなんて女だと思ったのも事実で、しばらくはもう二度と近寄るまいと心に誓っていた。

なのに、なんの運命のめぐり合わせか、その後、何度も彼女と顔を合わせる機会があり、そのたびに酷《ひど》い目に遭《あ》わされたのだ。

それが今、どうしてこうなったのか、自分でも信じられない。

志乃にも言ったけれど、いくら腹が立っても、彼女に惹《ひ》かれていく気持ちを止めることはできなかったのだ。

なにかの間違いだと思っていた。だからそれを確認するため、別の女性たちとつきあったものの、この人ではないという違和感ばかりがつきまとって、結局誰とも長続きはしなかった。

それからしばらくしてあの一件があり、警護課の誰かが彼女の護衛につくことになる。俺に邪《よこしま》な気持ちがあったわけではない。ただ、彼女のあの性格を許容できるのは自分だけだろうと考えていたのだ。

結果として、本当に自分で良かったんだと思う。

考えてみれば、あの豪快さが彼女の魅力ではある。もっとも、あれを魅力と捉《とら》えられる自分も相当どうかしている。

そんな回想を蹴飛ばすみたいに、三度目の警報音が鳴った。

後輩がまた素早く止める。その後、俺のほうをちらっと見た。そのなんとも言えない表情に、こっちがため息をつきそうになる。

「……大変ですね」

「……まあな」

答えながら立ち上がり、後輩の肩をぽんと叩いた。

「もう行くわ。またな」

「はい。また飲みに連れて行ってください」

俺は軽く手を上げてその場を去った。

一日の仕事を終え、俺は志乃と夕飯を食べるために彼女のラボに向かった。

「あ、柚木さん。お疲れさまです。カチョー。お迎えですよー」

彼女の助手が自分を見て、奥のほうへ声をかける。

志乃の助手は一見今どきの若い女性に見えるものの、志乃同様、いろいろとぶっ飛んでいた。それでも優秀な人材だ。警備につく際に渡された資料によれば、かなり頭脳明《めい》晰《せき》でもある。

開発者の助手が一人なのは珍しいが、志乃は大勢が苦手なため、彼女がその優秀さですべてをカバーしているのだ。

しばらくして、帰り支度を終えた志乃が呆れ顔で出てきた。

「さくらちゃん、その言い方なんか違う気がするわ」

「そうですか?」

すっとぼけた助手を志乃が睨《にら》む。

「なんか子どものお迎えみたいじゃない。まあいいわ。じゃあお先にね」

「はーい。お疲れさまでした」

ぶんぶんと大袈裟《おおげさ》に手を振る助手に、志乃が小さく手を振り返し一緒に部屋を出た。

ビルのエントランスに向かう通路を並んで歩く。手を伸ばして彼女の手を握ると、志乃は驚いたように顔を上げた。

自分より背の低い彼女は、いつも見上げるようにして俺を見る。化粧っけのない顔はあどけなく、とても天才開発者には見えない。

「誰もいないから」

そう言ってさらにぎゅっと手を握ると、照れくさそうに目を細めた。自分にしか見せない顔だ。そう思うと、今すぐ廊下の壁に押しつけて、唇を奪いたい衝動にかられる。

志乃といる時はいつもそうだ。

触れたくて仕方がない。危険なことから遠ざけて、自分の中に閉じ込め、ずっと仕舞っておきたいと考えている。

けれど、それができないことはわかっていた。

「今日の実験も派手にやったようだな」

「あら？　どうして知ってるの？」

「中央保安室にいたからな」

「どこ？　それ」

「会社中の監視カメラと警報器を管理してる部屋だ」

「へえ。そんな部屋があるんだ。で？」

で、って……

「お前のラボで煙《けむり》が発生してるって、何度も警告音が鳴ってたぞ」

「ああ。それね」

志乃はようやく納得がいったように頷《うなず》いた。

「デフォルトでついてるやつがすぐ鳴るのよね。わたしのラボには不向きなんだけど、外せないから仕方がないのよ。実験のある日は基本無視してもらうようにはしてるんだけど」

「まあ。それでも危険なことには違いないんだから、気をつけろよ。俺が心配するだろ」

「……あら。ありがとう」

彼女は照れくさそうに笑い、つないだ手をぶんぶん振った。

普段は天然で、すっとぼけた女だけれど、素直な時は、可愛くなるものだ。

そしてそんな顔は滅多に見せない。志乃が女の顔を見せるのは自分にだけだ。

「ねえ、今週末お出掛けしない？」

その照れくささを隠すみたいに、唐突に志乃が言った。

「お出掛け？　まあ、良いけど」

「なあに？　その態度。おつきあいしてるんだから、デートするのが普通でしょ」

もうっと、俺の背中をぽんと叩く。

……お前に普通という概念があったのか。そう思ったが、一緒にいられる時間が増えることは素直に嬉しい。

「どこか行きたいところがあるのか？」

「洋服を見たいのよ」

「ふーん。まあ良いけど」

「もうちょっと楽しそうにしなさいよ」

また志乃が怒ったように言い、頬《ほお》を膨らませる。

コロコロ変わる表情が可愛いなと思いつつも、態度には出さない。

「悪かったな」

「わかれば良いのよ。楽しみねー」

また機嫌の良くなった志乃を見て、こっそりと肩をすくめた。

週末。電車で移動するというので、俺は志乃と駅で待ち合わせた。互いの自宅が近くないので、待ち合わせは中間地点にある大きなターミナル駅にしている。

改札前でしばらく待っていると、志乃がやってきた。

彼女の格好は至って普通だ。デートを意識している感じはしない。いつもの通勤着と変わらない服に、薄いショールを羽織《はお》っている。

ただ、そのショールを胸元あたりで留めている、やたらとでかいブローチが異様なオーラを放っていた。嫌な予感しかしないので、俺はあえて触れないでいた。

「どこに行くかは決めてるのか？」

「おしゃれタウンに行くわよ」

どこだよ、それ。

そう思いつつ、言われるがまま地下鉄に乗り換える。休日の電車は座れない程度に混んでいた。彼女を連結部分の近くに立たせ、その隣に立って吊革を掴む。そして、もう片方の手で彼女の腰を支えた。

「あら」

「危ないから、もたれてろ」

俺がそう言うと、志乃は片手で吊革を持ち、体重をこちらにかけてくる。その動作はごく自然で、そうすることが彼女にとって当たり前のようだ。

満員電車なら良かったのに。そうなれば、もっと密着できる。

――俺は高校生か。

自分の考えに自分で呆れつつも、寄り添ってくる志乃の重みを心地良く感じていた。

着いたのは、いわゆる繁華街だ。休日だけあって人が多い。

自然と手をつないだまま、人混みの中を志乃はさくさくと歩き、最初に目についた百貨店に入った。

入り口近くにある案内板をざっと見て、迷うことなくエスカレーターに乗る。その半歩後ろをついて歩きながら、デートというより連れ回されている状態に近いなと感じていた。

彼女は純粋に男とつきあうことに慣れていないようだ。一緒にいても、媚《こ》びてこないし、甘えもない。それを俺は好ましく思っている。

彼女が向かったのは女性向けのファッションフロアで、着くなり端《はし》の店から物色を始めた。さすがに俺の手を離し、洋服のかかっているラックを隅々まで見ては、次の店へ移動していく。

途中で昼食を挟み、別の百貨店に移動したところで、俺はとうとう声をかけた。この苦行に数時間つきあったのだ。俺はなかなか辛抱強い。

「そろそろ聞いていいか。いったいどんな服を探してるんだ？」

「んー。ポケットがたくさんあるジャケット的な？」

「……ほう」

すぐ近くにあるマネキンが着ているジャケットに目をやる。腰のあたりに両ポケット、胸にも一つついてる。今までの店にも同じようなデザインのものがあった。

「これはだめなのか？」

そのジャケットを指さすと、志乃はちらっと見たあと首を横に振る。

「それは数が少なすぎるわ。もっとないと」

「なにをそんなに入れるんだ？」

「決まってるでしょ。わたしが作った防犯グッズよ」

きっぱりと言い放つ。

なるほど。あの小道具類をすべて身につけたいわけだな。

「……いっそ作業着のほうが良いんじゃないか？　機能的だし」

「それじゃあ、あからさますぎるじゃない。もっと普通な感じが良いの」

――そもそも大量の防犯グッズを持ち歩くのは普通の考えじゃないがな。

もうなにも言うまいと、俺は服を探すふりをしながら志乃のあとをただついて歩いた。

真剣に洋服を探す彼女を見つつ、こうしておとなしくそばにいる自分を褒めてやりたいとつくづく思う。

以前の自分なら、いや、昔つきあってきた他の女性となら、こんなふうにはならない。

志乃みたいな女はきっと探しても見つからない。いろんな意味で特殊。彼女と出会えたことは奇跡で、自分にとって一番の幸運だったと今なら言える。

でも、たまには自分に甘えてほしいし、媚《こ》びてほしいとも思う。男心はなかなか複雑だ。

「ないなー。次行っても良い？」

ふいに彼女が言った。

また他の百貨店でこれを繰り返すのかと一瞬気が遠くなったけれど、ここで弱音を吐くわけにはいかない。

「気が済むまで探せよ。いつまでもつきあってやる」

「わお！　駿ってば男前。大好き！」

志乃が笑った。その表情に思わずドキッとする。

笑顔のまま抱きついてきた彼女を両腕で受け止め、一度だけぎゅっと力を入れて抱きしめてから、そっと離して手をつないだ。

志乃に触れると、理性が吹き飛びそうになる。でもさすがにここで押し倒すわけにはいかない。現に、近くにいた店員が目を丸くしている。

「さ、行くぞ」

「うん！」

笑顔の志乃が、また手をぶんぶんと振って歩き出した。

そのまま百貨店の外に出る。人通りが多いからと、人気《ひとけ》の少ない裏路地を歩き、次の店を目指す。

しばらくしたところで志乃が立ち止まった。

「どうした？」

「場所、どこだったかしら？」

そう言うと、手を離して自分の鞄からスマホを取り出す。

あっさり手を離されたことにがっかりしつつも、俺は彼女を見下ろした。

「あ、大丈夫そう」

そのままスマホを見ながら歩き出した彼女の隣を、歩幅を合わせて歩く。彼女は隣り合ったほうの手でスマホを持っていて、手をつなげない。

ならばと肩に腕を回すと、彼女が自然とこちらに体を寄せてきた。

それだけで満足する自分に感心する。

そんなふうにして歩いている時、前から近づいてきた女性が突然目の前で立ち止まった。とっさに志乃を背中に庇《かば》う。

「あら、柚木さんじゃない。お久しぶり」

目の前の女性が俺を見て言った。

知り合いか？

まじまじと見つめ、自分の記憶を探《さぐ》る。少し考えてから、元カノの一人だと思い出した。

「あー……、久しぶり」

答えたものの、まったく名前が思い出せない。なにせ短期間しかつきあっていなかったのだ。

その女性は俺に笑いかけたあと、珍しいものを見るような視線を俺の背後に向けた。

ふと見ると、志乃が興味津々《きょうみしんしん》な顔を覗《のぞ》かせている。

これはちょっと良くない展開じゃないかと感じ始めたちょうどその時、志乃が笑顔で「こんにちはー」と挨拶した。

「しばらく会わない間に、随分趣味が変わったみたいね」

やけに嫌味っぽくその女が言う。

その言葉はある意味大はずれだ。だが、あえて志乃とは正反対のタイプを選んでつきあっていたことを、わざわざ言うつもりはない。

ただ、その悪行三昧《あくぎょうざんまい》が今の状況を招いたと思うと、猛烈に反省するしかなかった。幸いなのは、志乃が彼女の悪意に気づいてなさそうなことだ。

「あなた。それなあに⁉」

女が志乃の胸元にある、やたらとでかいブローチに目を留めた。

ああ、とうとうそこに触れる時が来たか。

朝から気になっていたけれど、志乃はなにも言わなかったし、優秀な百貨店の店員もみんな見て見ぬふりをしていたのに。

「随分……特殊なデザインね」

ああもうそれ以上触れないほうが……内心ハラハラしながら見ていると、志乃の顔がパッと明るくなった。

「そうなんです！　良いでしょ、これ！　誰も気づいてくれないから、どうしようかと思ってたんですよ」

嬉しそうに笑う。

気づいてほしかったのか。いや、むしろそれがいつもの防犯グッズなら、気づかれないほうが良いんじゃないか。

「そんな大きなものに、気づかないほうがおかしいでしょ。どうなってるの、それ？」

そう言いながら、女がブローチに手を伸ばした。

その時に止めていれば良かったんだろうが、すべてはあとの祭りだ。

彼女がそれに手を触れると同時に、シューッと音が鳴り、いきなり白い煙《けむり》が噴き出した。

「ぎゃっ！」

「あっ……」

女と志乃が同時に声を上げる。

俺はとっさに志乃の体を抱き、後ろに引っ張った。その間も、ブローチは煙《けむり》を噴射し続けている。

「ちょ、ちょっとっ、なにこれ⁉」

女がパニックになり、顔を両手で覆《おお》う。

「ああ……。こんな程度で作動するはずないのに」

志乃もアワアワとしながらブローチをいじり、ようやく煙《けむり》を止めた。

「これはなんなんだ？」

志乃に問うと、困ったような顔で俺を見上げる。

「携帯消火器なの。火事の時に便利かなって思って。何回実験しても消火剤が出すぎて、だいぶ調整はしたんだけど……。まだ動作に不安がありそうだわ」

なるほど。最近、警報器の作動が多発しているのは、これのせいだな。

ようやく納得がいったと思っていると、女がバッと顔を上げて叫んだ。

「なによこれ⁉」

その顔は、無残にも真っ白けだった。

「ごめんなさい！」

志乃が慌てて鞄の中からタオルを取り出し、女の顔をゴシゴシと拭《ふ》く。

「ちょ、ちょっとっ……」

「大丈夫です。この特殊な加工をしたタオルなら、簡単に落ちるようになってますから」

かみ合っていない二人の会話を聞きつつ、俺は女の顔から消火剤が消えるのを見ていた。

確かに、タオルで拭《ふ》いただけで粉は落ちる。そして、彼女の化粧も……

「ほら、きれいになりました」

志乃が自信満々に言い、女に笑いかけた。女は慌てて近くのビルの窓ガラスに映る自分の顔を確認する。

「ちょっと……。どうしてくれるの!?」

志乃に詰め寄ろうとしたので、俺は急いで二人の間に割って入った。志乃を背後に庇《かば》い、女に向き合う。

「悪かったな。彼女は特殊な実験の最中なんだ。必要なら金は払うが……」

言いながら女の顔をじっと見つめていると、段々言葉に詰まってくる。

志乃にタオルで擦《こす》られたせいで、彼女の顔には眉がない。それからアイメイクも取れていた。

なんというか、化粧の上手な女だったんだなと、しみじみと思ってしまった。それを察したのか、女がさらに激怒する。

「失礼な男ね！　その人とお似合いよ。お金なんて結構！　もう二度と顔を見せないで」

そう言い捨てて、足早に去っていった。

別に自分から顔を見せに行ったわけではないんだけどな。

そう思いつつ、とりあえず姿が見えなくなるまで彼女を見送った。

「怒らせちゃったわね。ごめんなさい」

しょんぼりとした志乃の声に振り返る。タオルを握りしめたまま、彼女は困ったような顔をしていた。

「いや。まあ大丈夫だろ。もう会うこともなさそうだし」

気にするなと頭に手を置くと、彼女は顔を上げる。

「今の人、駿の元カノでしょ？」

突然の言葉に、不覚にも自分の体が一瞬固まってしまった。

「ど、どうしてわかった？」

「だって。あんなに親しげなのに、それで無関係なんておかしいじゃない」

冷静な説明に、それもそうだと思い直す。

「駿の元カノって美人ね」

「あー……。まあ、そうかな」

素顔を見たのは初めてだったがな。

「ねえ、わたしももっとお化粧したほうが良い？」

突然なにを言い出すのかと志乃を見る。

志乃の化粧は薄く、素顔とほぼ変わらない。本人は地味だとか普通だとか言っているが、美人の部類に入ると思っている。惚《ほ》れた弱みを差し引いても、だ。

きちんと化粧をすれば、それなりに華やかな顔にはなるだろうが、彼女には不要だと思う。

それにしても開発以外にあまり興味がない彼女が、こんなことを言うというのは――

「なんだ。気にしてるのか？」

嫉妬《しっと》をされているのだと思うと、俺は嬉しかった。

「いやー。まあわたしも一応女子だし？　もうちょっと女子力は上げないと……。とは、思ってるのよ」

志乃が照れくさそうに言う。

なんだ、可愛いじゃないか。

思わずにやけそうになるのを堪《こら》える。

「さくらちゃんに聞いたら、変身メイクって言うのがあって、別人のような顔になるんだって」

……ん？　なんだか話が怪しくなってきたぞ。

「そもそも別人になってどうするんだ。志乃はそのままで良い」

「そう？」

「ああ。俺は見た目では判断しないからな」

「どういう意味よ？」

ジロッと睨《にら》まれたのも気にせず、まあまあと彼女の頭をぽんっと叩く。

見た目はともかく、性格は正直どうかと思う志乃だけど、それでも惚《ほ》れていることには変わりない。

彼女ほど特別な人はいない。希少動物は大事にしないと。

そんなことを考えつつ、志乃の手を取って歩き出した。

彼女は手をつなぐことを気に入っているようで、自分からぶんぶんと振り出す。

「腹が減ったな」

薄暗くなってきた空を見て、俺はそう言った。

志乃はまだお目当ての服を見つけていない。これからまだ探すなら、腹ごしらえをしたいところだ。

「じゃあうちに帰って食べましょ。ご飯作るから」

志乃が答える。

「もう買い物は良いのか？」

「ええ。なんだか気がそれちゃった」

そう言いながら肩をすくめる。さっきの元カノのせいなのだとしたら、申し訳ないような、幸運なような……

「……お前、自炊してるって言ってたっけ？」

「そうよ。結構自分で作るって、前から言ってるでしょ」

言ってはいたが、正直信じてはいなかった。つきあいだして何度も彼女の部屋に行ったけれど、これまではずっと外食だったのだ。

俺たちは手をつないだまま駅に向かい、混み合った電車に乗った。行きと同じように志乃の腰を抱いて支え、安心したように寄り添ってくる重みを心地良く感じる。

最寄り駅で降り、途中のスーパーで彼女が買い物をするのにつきあった。重たい買い物袋を片手に持ってマンションに入る。

志乃のマンションのコンシェルジュは、あの事件が解決したあとに顔ぶれが変わった。あの頃は、警護課に属する各種武道の有段者たちが常駐していたのだ。今は一般の社員が務めている。

志乃の部屋は、相変わらず雑然としていた。

女性の部屋にしては殺風景で、装飾らしいものは一切ない。床には雑誌が散らばっている。

「適当にして待ってて」

志乃が言い、早速料理の支度を始めた。

適当にしてと言われても、リビングに唯一あるソファには洋服が積まれていて座れないし、テレビもないので時間を潰すのは難しい。

とりあえずソファの上の服を畳んで積み直し、床に落ちた雑誌を拾い集めて壁際に積み上げた。

ついでにダイニングテーブルの上も片づける。

少し前まではここにパソコンが置かれていたのだが、俺が来るようになったせいか、別の場所に移された。と言っても、ダイニングテーブルに横づけした台の上にだが。

彼女のテリトリーの中に徐々に増えていく自分の居場所。カップや箸《はし》、歯ブラシと髭《ひげ》剃《そ》り。着替え一式。お互いの家にそれぞれの私物が少しずつ増えていく。

週末は余程のことがない限り一緒にいるようにしているので、お互いの家の中での過ごし方が少しはわかってきたつもりだ。

俺は部屋の隅に置いてある床掃除用のワイパーで、掃除できそうなところを一通り拭《ふ》いた。

なんでこんなことしているんだろうと思わないでもないが、志乃の部屋に来た時は、たいてい掃除をする。

とりあえずきれいになったところで、俺は掃除道具を片づけた。

その時、キッチンから「ダーン！」と料理に似合わない音がした。

「どうした？　大丈夫か？」

「え？　大丈夫よ」

カウンター越しにキッチンを覗《のぞ》くと、志乃がキャベツを切っているところだった。

どうしたらキャベツでこんな音が出るのかと思うが、彼女は丸々一個のキャベツをズバーンズバーンと四分割にしている。

横にあるボールには、ハンバーグのタネのようなものが入っていた。

いったいなにを作るのかと見ていると、彼女は四分の一に切ったキャベツの葉っぱの間に、そのタネをぺっぺと雑に挟み込む。さらにそれを二つ作って、赤いほうろうの鍋にギューギューと押し込んだ。

なんと言うか、適当だ。

「なにを作ってるんだ？」

「ん？　ロールキャベツよ」

「ロールしてないぞ」

「ああ、じゃあロールキャベツ風ね。巻くのは面倒なのよ。大丈夫、おんなじ味になるから」

志乃は計量カップとスプーンで正確に量を測りながら、鍋の中に水と調味料を加えていた。

大雑把《おおざっぱ》なのか細かいのか、まったくわからんやつだ。

料理は彼女に任せ、今度はリビングに続くベランダへ出る。

タワーマンションの高層階から見える景色は絶景だが、彼女は興味がなさそうなので、何度も見ていると飽きるものなのだろう。

ベランダの手すりに腕をかけ、俺は夜景を眺《なが》めた。

都心の真新しいマンションの高層階は、志乃の業績を会社がかなり評価している証拠だ。危険な仕事をしている分、自分もそこそこ良い給料をもらっているが、彼女には及ばない。

つきあっている男としてはどうかと思うものの、彼女の特異な業種を考えると、まあ仕方がない。

「あれ？　また片づけてくれたの？」

志乃の声に振り返る。料理が出来上がったのか、彼女はダイニングテーブルに皿を並べていた。

「暇だったんで」

中に入って窓に鍵をかけ、カーテンを引く。

「どうもありがとう」

彼女を手伝い、箸《はし》やらカップやらを運んだ。

「じゃーん」

そう言いながら、志乃がテーブルの真ん中に鍋をどんと置く。中は、さっきのロールキャベツ風……だ。

他にもポテトサラダとみそ汁、そして作り置きだという煮物が置かれていた。

「さ、座って座って」

志乃がご飯をよそった茶碗を自分の前に置く。さらに鍋のふたを開け、深めの皿に四分の一のキャベツを入れた。

「はい、どうぞ」

「どうも」

彼女も自分の分をよそい、向かい合って座ると、さっと手を合わせる。

「では、いただきまーす」

「いただきます」

俺は箸《はし》を持って、キャベツを一口食べた。

「うまい」

普通にロールキャベツの味だ。

「でしょ？　巻かなくてもなんとかなるのよ。発見した時は、自分でも天才だって思ったわ」

彼女が得意満面の笑みで言った。

まあ、誰かしらがすでに考えていそうだけど、それは黙っておこう。

ポテトサラダも煮物も、普通にうまかった。普段から自炊しているというのは、嘘ではなさそうだ。

「もっとんでもないものが出てくると思った」

「まあ失礼ね。普通に食べられるものを作れるわよ」

「昼間はあんなにジャンクなのに……」

「いいじゃない。食べたい時に食べたいものを食べるのが良いのよ。だいたい一週間のトータルでバランスが取れてれば大丈夫」

「どんな理論だ」

志乃が肩をすくめ、食後のお茶を淹《い》れてくれた。

「もうお風呂入る？」

素直にお茶を啜《すす》っていた自分に、彼女が当然のように言う。

「……ああ」

彼女の生活の一部に自分がすっかり入っていることが、純粋に嬉しかった。

志乃は一見気さくだけど、開発者全般に見られる、とっつきにくさがある。

思考が普通の人間の斜め上を行っているので、その性格はなかなか理解されにくい。

だから俺とは違う理由で、恋愛が長続きしないのだろう。

それは本人もよくわかっているようだ。

でもその本質を変えることはできない。ならば、お互いが歩み寄っていくしかない。

俺たちの場合、俺のほうが大きく歩み寄る必要があることは最初から覚悟の上だ。

だからこそ、今のような志乃の言葉が嬉しい。

彼女が風呂の用意をしている間に、俺は食べ終わった食器を片づけた。さらにテーブルを拭《ふ》いていると彼女が戻ってくる。

「洗い物もしてくれたの？　どうもありがとう」

「いや」

「お風呂もう溜まるから、先に入ってもいいわよ」

「……一緒に入るか？」

「え!?　どこに？」

「風呂に決まってるだろ」

「えっ、お風呂って一緒に入れるものなの!?」

志乃がやけに驚いた顔で言った。

「一般的かどうかは知らんが、そういうこともある」

あんまり突っ込まれると墓穴を掘りそうだ。

自分の経験を話すわけにもいかないが、ここの風呂場はそこそこ広いのでなんとかなるのではと思った。そしてなによりも、早く志乃と触れ合いたい。

そんなこっちの内心にはお構いなしで、彼女は考えるような素振りを見せたあと、パッと顔を上げて笑った。

「そんなの考えもつかなかったわ。俄然《がぜん》興味が出てきた。早速行きましょう」

彼女の探求心はジャンルを問わないようだ。俺の手を引いて風呂場に向かい、脱衣所の中で向き合う。

「さあどうするの？」

期待した顔でこちらを見上げてきた。

「……いや、どうすると言われても。とりあえず服を脱ぐ」

若干興奮気味の志乃に苦笑いを浮かべつつ、彼女のシャツに手をかけた。

また驚いた顔をする彼女のシャツのボタンを上から順番に外していく。すると志乃も手を伸ばして、俺のシャツのボタンを外し始めた。

彼女の目がキラキラと輝いている。興奮しているのだと思うと嬉しくなった。

お互い競い合うように服を脱ぎ、すぐに裸になる。

裸体を惜しげもなく晒《さら》す彼女は、まるで妖精みたいだ。

見慣れたはずの白い肌を肩から撫でると、彼女はくすぐったそうに身をよじった。

「これからどうするの？」

「もちろん、風呂に入る」

志乃の肩を抱いて、風呂場の扉を開ける。湯気が充満した中に入ってシャワーのお湯を勢い良く出すと、志乃に頭からかけた。

「わっ」

「俺が洗ってやるよ」

言いながら、彼女の髪をシャワーで濡らす。

「ありがとう」

「どういたしまして」

たっぷりと髪を濡らしたところでシャンプーを手に取り、泡立てて彼女の髪を洗った。指の腹で地肌を揉《も》むと、志乃の口からため息が洩《も》れる。

その顔をこちらに向けさせ、生え際にシャワーを当てて泡を丁寧に洗い流していった。

目を閉じた彼女は、口を半開きにし恐ろしく無防備だ。まあ全裸なのだから、当然なのだけど。

まるでキスを誘っているようなその顔に、抗《あらが》える男がいるのだろうか。

シャワーをフックにかけると、そのまま彼女の体を引き寄せ唇を重ねた。熱いシャワーが背中に当たる。

「んっ」

開いた口の中に舌を差し込み、その甘さを味わった。

「ううっ」

志乃が呻《うめ》き、俺の胸に手を当ててぐっと押し、力ずくで顔を離す。

「な、なに⁉」

心底びっくりしたような顔だ。

「恋人同士で風呂に入るなら、やることは二つだ」

「え、なに？」

「体を洗う。そしてセックスする」

「……まだ洗ってないわ」

「順番はどうでもいい。臨機応変に」

そう言って、俺はまた唇を奪った。舌を差し込み、彼女の口の中を舐め回す。

志乃が俺の体に腕を回し、しがみついてきた。裸の胸が当たる。その柔らかな感触に、さらに自分の体温が上がった。

彼女の舌をからめとって吸い上げ、溢《あふ》れた唾液を飲み込む。彼女の濡れた体を撫で上げ、柔らかな尻を掴んで自分のほうへ押し当てる。

すでに高まっているそれに気づき、志乃はビクンと体を震わせた。

キスを深めながら体勢を入れ変えて、彼女を壁に押しつける。

「うっ…」

彼女の脚の間に自分の膝を入れ、ももで彼女の中心に触れた。何度も擦《こす》るように押しつけると、シャワーのお湯とは違うぬめりを感じる。

「んんっっ」

志乃の呼吸が速くなる。

崩れ落ちそうになるその体を支え、彼女の脚をぐっと広げた。露《あら》わになったそこに指を這《は》わせると、ねっとりとした蜜が自分の指に絡まってくる。

そして指を彼女の中に埋《うず》めた。

「んっ」

ざらついた内側を擦《こす》り、さらに感度を高めていく。唇を離し、彼女を壁に押しつけたまま、体を下げて濡れた胸にキスをした。

「あっ……」

柔らかい膨らみに口を当て、硬くとがった先端を吸い上げる。口の中で舌で転がして舐めると、志乃の体がまたビクッと震えた。

「あん……。くすぐったいわ」

甘い声が風呂場に響く。

俺は両方の胸を口と手で愛撫し、膝をついて谷間に顔を埋《うず》めた。自分の頭を彼女がぎゅっと抱きしめる。まるで小さな子どもになったような気分だ。

濡れた体を抱きしめ、口を少しずつ下に移動させていく。彼女の脚を開かせ、糸を引く蜜で濡れたそこに口をつけた。

「あんっ」

彼女はさらに甘い声を上げる。

俺は濡れた襞を舐め、蜜の溢《あふ》れる中心に舌を差し込んだ。中は温かくぬるぬるとしている。猫がミルクを舐めとるように何度も舐め上げた。志乃の脚が閉じそうになるのを手で押さえ、指を使ってぷっくりと膨らんだ突起を探す。

赤く充血したそれを口に入れ、強く吸いつく。

「ああんっっ」

志乃が一際大きな声を上げ、俺の頭を掴んだ。地肌に彼女の指が食い込む。それに構うことなく、彼女のそこを何度も吸い上げ、軽く歯を立てた。

「はっっ」

彼女の体がびくんと跳ねた。俺はまた蜜が溢《あふ》れ出すそこに指を差し入れる。

内側はもうぐしょぐしょに濡れていた。ざらついた肉を撫で、何度も指で擦《こす》り続ける。

突起に吸いついたままそれを続けると、志乃がビクビクと震えた。

「ああっ、だめえ……イキそう」

「ん……、もっとだ。もっと飲ませろ」

さらに強く舐め吸って、ジュブジュブと音を立てつつ指を動かすと、彼女の内側がぎゅっと収縮する。

「は……イッく……」

彼女の絶頂と同時に中からどっと蜜が溢《あふ》れ、俺はそれをじゅるじゅると音を立てて啜《すす》った。舌を差し込み、すべてを舐めとろうとする。

「あんっ、そんなにしないで……」

倒れ込みそうになる志乃を抱きとめ、立ち上がって体を起こした。ぐったりした彼女の唇に軽くキスをして、シャワーをかけながら体を軽く流す。

「……あれ？　終わり？」

俺にもたれたまま、彼女が言った。

確かに、彼女の腹には昂《たかぶ》ったままのそれが当たっている。

「ちょっと休憩だ」

彼女を湯船に入れ、手早く自分の頭と体を洗う。

このまま奪いたいところだけど、如何《いかん》せんここにはゴムがない。安易な危険を冒すわけにはいかないので、次は絶対に準備しておこうと心に決めた。

さっぱりとしたところで、自分も湯船に入り、志乃の後ろから重なる。片手を彼女の腹に回し、もう片方の手で柔らかな胸を包んだ。

「……ん」

志乃が鼻にかかるような声を上げた。

俺は、湯船の縁《ふち》に頭をつけ、目を閉じてふうっと息を吐く。彼女の体の重みを心地良く感じつつ、柔らかな体をゆっくりと撫で続けた。

彼女はまだぐったりしていて、すべての体重をこちらに預けてくる。

今すぐ中に押し入って欲望を吐き出したい気持ちと、このままゆっくりとくつろいだ時間を過ごしたい気持ちとが交錯した。

手の中にすっぽりと収まった彼女の胸をやわやわと撫でていると、先端がまた硬く立ち上がってくる。それを指先できゅっとつまむ。

「ぁんっ」

甘く小さな声にこのまま突き立てたい衝動を覚えるが、理性で堪《こら》える。その代わりに、彼女の顔をこちらに向けさせ、赤く腫《は》れた唇を奪った。

「んっ」

絡まった舌を吸い上げ、志乃の脚の間に手を入れる。薄く柔らかな繁みをかき分け、襞を指で擦《こす》り、まだぬかるんでいるそこに指を入れて中を探《さぐ》るようにかき回した。

「んんっ……」

志乃がぐっと体勢を変え、こちらを向く。そのまま俺の首にしがみついてキスを続ける。

指の動きに合わせるように彼女の腰がゆらゆらと動いていた。それが自分の昂《たかぶ》ったものを掠《かす》める。

思わず彼女の濡れたそこを自分自身に擦《こす》りつけていた。前後に揺らしながら中に入りたくなる衝動と闘う。

「うっ」

キスをしたまま声が洩《も》れる。なんとも言えない快感に理性を失いそうだ。

志乃は夢中になってキスをし、そして自《みずか》ら腰を動かしている。こんな淫《みだ》らな姿は、普段の彼女からはおよそ想像できない。そしてこんな姿を見せるのは自分にだけだとわかっていた。

なんとか理性を保ち、彼女の腰を掴んで動きを止める。

「ん……。どうして？」

唇を離した志乃が、じれったそうに言った。

「残念ながらこれ以上は無理だな。続きはベッドで」

それだけ言い、彼女をかかえて立ち上がった。

風呂場から出て、脱衣所に用意されていたバスタオルで彼女を包み、がしがしと手早く髪と体を拭《ふ》いてやる。自分も全身をざっと拭《ふ》いたあと、タオルを体に巻いたまま志乃をかかえ上げた。彼女は軽い。

「きゃ」

慌てた彼女が俺の首にしがみついてくる。さらに軽くなった彼女をかかえ、そのまま寝室に移動した。

志乃をベッドに落とした瞬間、バスタオルがはだけて白い肌が露《あら》わになる。自分もタオルを外してその上に重なり、全身で包むように抱きしめた。

「風呂はどうだった？」

耳元にキスをしながら囁《ささや》くと、体をよじりながら志乃が笑う。

「すごく勉強になったわ。でもまだまだ改善の余地はあるわね。二人で探求しましょ」

そう言って、彼女のほうから唇を合わせてきた。

「勉強熱心だな」

「あら。いつだって勉強は大事よ」

俺は笑う彼女に唇を重ねた。

「んっ」

笑い声に甘さが混じる。

開いた口の中に舌を入れ、彼女の舌を絡めとった。素肌に手を這《は》わせ、あちこちを撫でつつ、彼女の脚の間に手を入れ、熱く濡れたそこを指でなぞる。

そのまま指を入れて奥まで探《さぐ》ると、中は熱く、たっぷりと濡れていて、きつく締まっていた。

ぐちゅぐちゅと音を立て、何度も指を出し入れして蜜をかき出す。親指で突起をぎゅっと押すと、志乃の体が弓なりに跳ねた。

「ううんっ」

キスで塞《ふさ》がれた口からは呻《うめ》き声しか出ない。

彼女の中心はもう十分濡れていて、今すぐにでも自身を埋《うず》めたい欲望にかられる。そこがどれほどの快楽を与えてくるのか、俺は痛いほどよく知っていた。

唇に軽いキスをして一旦離れ、腕を伸ばしてベッドサイドを探《さぐ》る。自分がこの部屋に来るようになってから、常にそこにおいてある避妊具を手に取り、袋を破って手早く装着した。

改めて彼女の脚を大きく広げ、その間に座る。位置を合わせ、自分の昂《たかぶ》りを押しつけた。

ぐっと腰を進め、少しずつ中に入っていく。

「あ……ん……」

志乃が体を反らせて、俺を受け入れる。

絡みつく粘膜が強い刺激を与えてきた。あっという間にイってしまいそうになるのを我慢して、俺は彼女の最奥まで入った。

すべてが彼女に包まれる。濡れた粘膜は熱く、どろどろに溶けてしまいそうだ。体を倒して彼女を抱きしめ、ゆっくりと腰を引いた。

引きつれた粘膜から強い刺激が与えられる。腰をまた押し込み、何度も何度も出し入れを繰り返した。

動くたびにベッドがきしみ、体をぶつける音と濡れた音が耳を刺激する。蕩《とろ》けるような快感が何度も訪れ、体温をどんどんと上げていく。

汗が噴き出し、二人の体を濡らした。

「ああっっ」

志乃が呻《うめ》き、俺の背中に爪を立てる。

痛みは感じない。ただ快楽が増すだけだ。

気を抜けば絶頂に達してしまう。終わるには早すぎると、自分自身をコントロールしてスピードを落とした。

呼吸が少しずつ落ち着いてくる。それでも快感が続くように、ゆるゆるとした動きで彼女を攻め続けた。

そして髪を撫でながら唇にキスをしようと顔を近づけた時、志乃がいきなりカッと目を見開く。

「……っうおっ。ど、どうした？」

思わず変な声が出た。動きを止め、ギョッとして尋ねる。

「こういう時に襲われたら、もう終わりよね。そう思わない？」

「……最中になにを言っている」

「だって、そもそもなにも着てないから、防犯グッズは役に立たないじゃない？」

急に甘い雰囲気が消えたことに狼狽《ろうばい》しつつも、俺は少しだけ腹が立った。あれだけ夢中になっていたのに。

すぐに気持ちを切り替えられるところが、彼女らしいと言えばそうだけど。

志乃の尻をかかえ、ぐっと腰を押しつける。

「……っあんっ」

最奥を抉《えぐ》るように動かすと、彼女が甘く呻《うめ》いた。

「こっちに集中しろよ」

「……っ、してるってば」

そう言いながらも、彼女の目はまだ開いている。なにかを考えている時の目だ。

腹が立つけど、これが桃井志乃という女だった。

「いっそベッド自体に爆弾とか仕掛けちゃう？」

「こっちが死ぬからやめとけ」

「そっかー。じゃあどうすればいいのかしら」

彼女はさらに考え込むような顔になる。気をそらされたのが悔しくて、俺はさらに大きく腰を動かした。

「あんっ」

彼女の体がビクンと跳ねる。

そのまま何度かガツガツと激しく突き上げると、必死でしがみついてきた。

「ちょ、ちょっとお……やめてよー。なにも考えられなくなるでしょ」

「考えられないようにしてんだよ」

そう答えて、俺は志乃の耳たぶに歯を立てた。

「どうせ考えるなら、俺のことにしろよ」

低い声で囁《ささや》くと、彼女の体がぶるっと震える。

「研究したいなら別のことにしろ」

顔を近づけてそう言うと、彼女は目を見開いた。

その目に浮かぶのは欲望だろうか。それなら嬉しい。

「例えば、自分の、どこが一番感じるか……とかな」

俺は彼女の奥をずんと突いた。

「はんっ」

志乃の口から甘い声が洩《も》れる。

「どこがいい？　中か、それとも」

腕を伸ばしてつながった場所に触れた。

そこは彼女の愛液でびしょびしょだ。探《さぐ》るように指を動かし、膨らんだ突起に触れた。

「あんっ」

志乃がまた跳ねる。

「ここか？　それとも、こっちか？」

素早く手を動かし、今度は胸の先端をつねるように指先でつまんだ。

「うっ……」

彼女はぎゅっと眉を寄せる。

「ふむ。やっぱりこっちかな」

その顔を見つつ、俺はまた指を脚の間に入れた。

「ああんっ、もう。考えられないでしょお」

目を閉じたまま、志乃がふるふると首を振った。それに構わずたっぷりと濡れた突起に触れ、ぐりぐりと指を押しつける。

「どうだ？」

また耳元で囁《ささや》き、耳の中を舐め上げた。

「ああっ……。そこがいいっ」

「素直な女は大好きだ」

俺はさらに強く突起を愛撫する。同時に、中を何度も突き上げた。

「ああっ、きもちいい……。好きっ、しゅ、駿、好きっ……」

彼女がうわ言のように何度も繰り返す。その顔にはもう欲望しかなかった。

自分が求められていることがこれほど嬉しいとは。

「俺のことも気持ち良くしてくれ」

志乃の体を強く抱きしめて言うと、彼女は脚を上げて俺の背中をはさんだ。腕が首に回り、内側でぎゅっと締めつけられる。

絡みつく粘膜の強さに痺《しび》れそうだ。

「いいね」

強がって言いつつも、もっとそれが欲しくて俺は何度も腰を動かした。

志乃の唇をかぶりつくように奪い、舌を差し込んで中を乱暴に探《さぐ》る。彼女のすべてを奪いつくしたい衝動にかられた。

「んっ、ううっっっん」

彼女の声ごと呑み込んで、さらにガツガツと腰を振る。

彼女は理性を失っているようだ。夢中で俺の舌に吸いつき、自分からも腰を持ち上げて擦《こす》りつける動きをしている。

我を忘れて求められているのだと、快感とは違うなにかが全身に広がっていった。

男の征服欲というやつだろうか。最低な感覚だが、妙な満足感を覚えてしまったのも事実だ。

唇を離して志乃をぎゅっと抱きしめる。

「あっ、はあっ……はあ」

彼女の口から荒い息が洩《も》れた。体を起こし、顔を見る。

ぎゅっと閉じた目。半開きになった彼女の唇は、長いキスのせいで赤く腫《は》れている。

そこに天才開発者の面影はなく、ただの桃井志乃がいた。

俺の女だ。

むくむくと湧き上がってくる征服欲で、全身の血が燃え上がりそうに熱くなってきた。

彼女の体に手をかけ、うつ伏せにさせる。

「えっ？　あんっ」

驚いた声に構うことなく、彼女の腰を持ち上げると後ろから一気に貫《つらぬ》いた。

「ああんっ！」

志乃の背中がのけ反る。

俺は奥深くまで入り込み、体をぴったりと重ね合わせた。ぱんぱんと音が鳴るくらい腰を叩きつけ、背後から揺れる胸をぎゅっと握る。

「ああっ、すごいっ」

彼女が声を上げる。

そのまま強く胸を揉《も》み、何度も何度も体をぶつけた。

まるで獣になったみたいな気分だ。

「志乃っ、志乃……」

うわ言のように名前を呼ぶ。

すべてを奪いつくさなければ気がすまない。どうしようもない熱にうかされ、二人がつながった部分に触れる。突起を乱暴に擦《こす》りあげつつ腰を振り、快感を受けとっていた。

優しくしなければと思うものの、激しい攻めをやめられない。彼女の内側を汚したい黒い欲望は湧き続けている。

まるでそうしなければいけないみたいに、志乃の首筋に咬《か》みついた。

「ひゃんっっ」

彼女の体を押さえ、一層深く、強く突く。

自分の欲望がすべて解き放たれた。

さらに何度か突き、体を震わせて吐き出したあと、全身で志乃を抱きしめる。汗がドッと噴き出し、愛液と混ざり合った。

ベッドに彼女を押しつけたまま、何度も吐精を繰り返す。ようやくすべてを出し終えると、一気に力が抜け、彼女の体を押しつぶしてそのままベッドに倒れ込んだ。

「う、うーん、苦しい」

志乃の呻《うめ》き声を聞き、急いで体をずらす。同時に彼女の内側からずるりと抜けた。

途端になくなってしまった熱を寂しく思いながら、なんとか体を起こして避妊具の処理をする。

また彼女の隣にごろんと横になり、そのまま腕を伸ばして彼女を抱き寄せた。

「……っ、疲れたわ。セックスって疲れるものなのね」

志乃がそう言って、俺の胸に頭を乗せた。

「余計なこと考えてるからだろ？」

髪を撫でてやると、うっとりと目を閉じる。

「余計なことじゃないわよ。いつだって向上心は持たないと」

「そうかそうか」

こんなことに向上心を持ってもなあ……。なんか、違う世界に目覚められても困る。が、彼女の性格は変えられないだろう。

「じゃあ、二人で考えよう」

そう言うと、志乃がパッと目を開けて頭を上げた。

「そうね。二人のほうが楽しいわ、きっと」

彼女の顔が輝く。

目つきが怪しいが、一人で研究されるよりましだ。

「早速インターネットで調べてみるわ。さくらちゃんによると、世の中いろんな趣味の人がいるらしいから」

「それはやめろ」

本気で止めた。ネットはやばい。

「俺が調べる。助手に聞くのはやめとけ」

「そう？」

志乃は不服そうだ。

「二人のことは二人で考える。ネットも、他人の情報も、いらない。そのほうが楽しいだろ？」

そう言って、俺は彼女にキスをした。

まだ不服そうな彼女だったけれど、キスを深めるとすぐに甘い声を洩《も》らす。

「ん……」

たっぷりと口の中をまさぐり、絡めた舌を吸って唇を離した。

目の前にある彼女の顔は、赤く上気している。

「方法はいくらでもある」

囁《ささや》くように言い、まだ汗の引いていない体をゆっくりと撫でた。わざとらしく、じらすような感じで。

「やあ……」

甘い声を聞きつつ、志乃の目を覗《のぞ》き込む。

「な？　二人で実践するほうが楽しいだろ？」

「まー……確かにそうね」

目をとろんとさせ、彼女は納得したように頷《うなず》いた。

ようやくホッとしたところで、急激に眠くなってくる。頭の後ろを引っ張られるのに似た感覚に、彼女の体を撫でていた手が止まる。

「あれ？　ちょっと、駿ってば。寝ちゃうの？」

なにかを期待していたらしい志乃が、不満げな声を上げる。

それについては申し訳ないと思うが、さすがに一日歩き回った疲れが出たようだ。

「うー……。悪い……」

申し訳程度の返事をすると、志乃が俺の首筋に頭をぐりぐりと押しつけた。

「もーっ」

ぷりぷり怒っているのかと思っていたのに、次の瞬間、自分よりも早く眠りに落ちていた。

すーすーと寝息が聞こえる。

なんだ。そっちも疲れているんじゃないか。

彼女の体をかかえ直し、足元でくしゃくしゃになった掛布団をなんとか引き上げ自分たちにかけた。彼女はまったく起きる気配がない。

その肩を撫でながら、俺もあっという間に眠りに落ちた。

疲れている時はよく眠れる。

それでも、職業病なのか、俺は寝ている間も気配には敏感だ。

意識が覚醒していく感覚に朝が近いことがわかる。腕の中の志乃は昨夜から体勢を変えていない。ぴったりと寄り添っていることに心から満足していると、突然、彼女がガバッと起き上がった。

「ねえ！　思ったんだけど」

「な、なんだ……？」

あまりにも突然すぎて、心臓がバクバクする。

よくいきなり声が出るなと思いつつ、目をうっすらと開けた。

体を起こした志乃が、目をらんらんと輝かせてこっちを見ている。昨夜ほぼ濡れたまま寝たから髪はぼさぼさで、さらに素っ裸の胸には自分がつけた痕が点々としていた。

ある意味ギョッとする姿だったけれど、本人は気づいていないようだ。

当然のことながら、そんな姿を見ても幻滅したりはしない。こっちも似たようなものだろう。

それにしても、朝から悪い予感しかしない表情だ。

「ねえ、思ったんだけどさ」

彼女が同じ言葉を繰り返す。

今の今まで寝ていたのに、いったいいつ思ったのかは疑問だが、口には出さなかった。

「なんだ？」

「昨日探してた服。結局見つからなかったけど、探しても見つからないなら、作れば良いのよね」

嫌な予感は当たったようだ。

「早速ミシンと布を買いに行きましょう！」

「……今日？」

「もちろん。だって日曜日だもの。ちょうど良かったわ」

志乃がにっこりと笑う。

「そうと決まれば、さっさと朝ご飯を食べて出掛けるわよ。っと、その前にシャワー浴びなくちゃ」

俺の唇にちゅっと音を立ててキスをすると、勢い良くベッドから下り、裸のまますたすたと歩いていこうとする。

その背中に声をかけた。

「ところで服を作ったことはあるのか？」

しかもジャケット。

「あるわけないじゃない。でもちゃんと調べるから大丈夫よ」

まあそうだろうと思ったよ。

朝から元気なやつだと思いつつ、俺は部屋を出る志乃の後ろ姿を見送った。

いっそオーダーメイドで頼めばいいじゃないかと考えたものの、彼女はきっと自分で作りたがるだろう。

またごろんと寝転がって、大きなあくびをする。

ベッドには自分と彼女の香りが残っていた。昨日の夜の名残《なごり》も。

今日もまた、あの買い物につきあうのか。疲れそうだな。

そう思いながらも、楽しんでいる自分がいた。

こんなふうに彼女に振り回されている自分が嫌ではない。むしろもっと前に降参すれば良かったと思う。

志乃のベッドで彼女を想い、俺はそのことだけを後悔したのだった。

書き下ろし番外編

幸せとは

あぶぶぶ。

可愛らしい声に、ノートパソコンから顔を上げて、テーブルの真横に置いてあるベビーベッドを覗《のぞ》き込んだ。

「あら、起きたの？」

大きな目をぱっちりと開けた愛娘《まなむすめ》がふっくらとした小さな手をこちらに向けている。

「よしよし、良い子ね」

首が据《す》わったばかりのわが子は、そっと抱き上げると甘い香りがした。ぎゅっと胸に抱き寄せ、その重さを堪能《たんのう》する。

自分が母親になったなんて、未だに信じられない。

小さくて柔らかな体を抱きしめ、自分の記憶を遡《さかのぼ》る。

わたし、桃井志乃はとある事件に巻き込まれた結果、ボディガードでもあった柚木駿と恋人同士になった。そしてそれから半年ほど経った頃、なんと妊娠していることがわかったのだ。

驚きと嬉しさが半分ずつ。そして柚木は泣いて喜んだ。

これで結婚に持ち込むことができるとかなんとか言っていたことを、今でも覚えている。

なによそれって思ったけど、確かにこんなことでもなければ、ずるずるとつきあいだけを続けていくことになったかもしれない。そもそも自分が結婚することも子どもを持つことも、あんまり考えたことがなかったからだ。

この歳で出来ちゃった結婚なんて、さすがに恥ずかしかったけれど、それぞれの両親や上司らも思っていた以上に祝福してくれたので、あとはもうとんとん拍子だった。

一番の驚きは入籍の際、駿が桃井の姓を選択したことだ。

わたしは一人っ子だけど、わたしも親も特に苗字にこだわりはない。ただ、わたしの仕事上、今の姓のままが良いだろうと、駿が提案してくれた。

お腹が目立つ前にと慌《あわ》ただしく行《おこな》った結婚式は、かなり盛大なものになった。わたしは可愛いウェディングドレスが着られれば特にこだわりがなかったけれど、駿と社長、そして雛子さんが張り切って準備してくれたおかげで、とても素敵な結婚式になった。

新居への引っ越しもすべて駿が手配してくれたので、わたしのやることは書類に署名捺印をするだけだ。

妊娠経過は順調で、周囲との話し合いの結果、安定期を過ぎたあたりで早々に産休に入った。時期的に事務仕事が中心だったので、自宅で仕事ができるからだ。

会社には社員専用の保育所があるので、出産後はいつでも復帰が可能だ。面倒だと言われている保活をすることなく、のんびりと妊娠ライフを過ごすことができた。

そんなこんなで無事に娘が誕生した。

桃井すみれ。

ぱっちりとした目はくっきり二重《ふたえ》。髪の毛は少しくるんくるんしていて、本当にお人形のようだ。

どちらかと言うと駿に似ている。そのせいもあってか、駿は泣いて喜び、部屋中をピンクと薄紫に飾った。

育児はなにもかも想像を超えていて、妊娠中に専門書を読み漁《あさ》っていたのだけれど、知識を得たところで、実際はパニックになってほとんど役に立たなかった。

まあ、あとになって考えてみれば、どれも本に書いてあったり先輩ママから聞いていたのと結局同じだったりしたのだけれど。

子育ては大変なことばかりだけれど、それ以上の喜びや幸福感が大きいから、世の中のお母さんたちは頑張るのだろうと思った。

育児用品も年々進化しているけれど、まだまだ改善できるところはあるだろう。こんなことを考えてしまうのは職業病の一種かもしれない。

今一番の懸念は通勤よね。

再来月《さらいげつ》からまた大きな仕事が動き出す。リモートでできなくはないが、それに合わせて復帰するのが良いのではないかと、上司やさくら、駿とも話し合った。

会社の保育所にはすでに届を出しているので、いつでも預けられる体制はできている。

問題は通勤電車だ。

今の家から会社まで、電車で十分ほどではあるのだけれど、如何《いかん》せん通勤時間は超満員になる。ただでさえ小柄なわたしはいつもつぶされる寸前だ。駿とつきあってからは鉄壁の守りで快適に通勤できているが、子ども連れとなるとそれも困難だろう。

いっそ車通勤にするか、出勤時間をずらしてもらうか。

申請すれば多分通る。わたし自身は回避することはできるけど――

「それでも電車通勤せざるを得ない人も世の中には居るわけで……」

なにかいい方法はないだろうかと、ここ数日ずっと考えていた。

娘を抱っこして揺らしながら、うーんと唸《うな》る。

またウトウトし出した娘をベッドに寝かせ、ノートパソコンで思いつくままにアイデアを書いていく。

やっぱり素材が重要よね。ぎゅうぎゅうに押されても大丈夫なように。

つらつらと書き連ねて、それをメールで助手のさくらに送った。

わたしが出社していない間、さくらが社内での事務仕事を一手に引き受けている。実験はなくともそれなりに仕事があるのだ。

返事はすぐに来た。何度かメールのやり取りをして、早速試作品を作ってもらうことにした。

「これでよし、と。さて、いまのうちにご飯の支度でもしますか」

娘が寝ているのを確認して、キッチンに入る。

新居のキッチンは前よりも広い。このマンションが家族向けということもあって、部屋数もキッチンの広さも前の家の倍以上だった。

五階建ての最上階。駿は高層マンションをあえて選ばなかった。子どもへの危険度が高いと言うこともあるけれど、妊娠中のわたしが昇り降りが辛くならないことを考えてくれたらしい。

でも、食材はほぼネットスーパーで買い、たまに足りないものを駿に買ってきてもらうくらい。時々通院する以外、妊娠中は出掛けることがほぼなかった。そもそもインドア人間なので、ずっと家に居ることも苦にならない。

飲み物や娘のおむつなど、嵩張《かさば》って重いものを家まで持ってきてくれるなんて。まったく便利な世の中だわ。

冷蔵庫を開けて食材を取り出し、夕飯の支度をする。夫である駿は要人警護の仕事を主にしているので、帰る時刻も不規則だ。今日は定時に帰ると連絡があったので、それに合わせて支度を始める。

自炊は元々得意なので、食事の支度は苦ではない。三ヶ月を過ぎた娘は思っていたよりも手が掛からず、想像以上にのんびりとした生活を送っている。

物足りないと言えなくもないけれど、人生においては大切な時間だ。

危険を伴う仕事をしているからか、こういうのって貴重な体験なのよね。

夕食の支度を終え、お腹が空いたと泣き出した娘に授乳して、お気に入りのぬいぐるみであやしていたとき、スマホがブルブルと鳴った。

駿がマンションの敷地内に入ってきた合図だ。

GPSの位置情報の共有は駿から言い出したことだった。出張や残業が多い彼は、わたしたちを心配するあまり具合が悪くなるらしい。とはいえ、機密情報の多い駿は家族と言えど自分の位置情報をばらすわけにもいかない。

折衷案《せっちゅうあん》として、わたしの位置情報は常にオープン。駿に関しては自宅付近にいる間だけ通知がくるようにした。ちなみに娘の洋服にも超小型のGPSが仕込んであり、もしもの時も安心だ。

「もうすぐパパが帰ってくるわよ」

ぬいぐるみごと娘を抱き上げると、きゃっきゃと声を上げて笑う。

「本当によく笑う子ね」

ぐずることがほとんどなく、誰から見ても良い子だと言われている。

怒りんぼの駿と変わり者のわたしの子どもがこんな可愛い子だなんて。

産んだ自分でも信じられないわ。

「誰の血が濃いのかしらね？」

駿に似ているけど、駿のお母さんにも似ている気がする。

そんなことを考えていると、部屋のインターホンが鳴った。娘を抱いたままモニターを見ると、玄関のドアの前に駿が立っている。

「おかえりなさい」

インターホンを切って内鍵を開ける。

オートロックのマンションなので二重キーはいらないと思ったけれど、心配性になっている駿の命《めい》によって、在宅中は内鍵を必ずかけるように言われていた。

「ただいま」

入ってきた駿がわたしと娘を見て目を細める。

靴を脱ぐといそいそと荷物を置き、手を洗いに行った。

娘を汚い手で触るわけにはいかないらしい。

「まったく、人って変わるわね」

呆れながら娘をベビーベッドの上に寝かせ、食事の準備を始める。念入りに手を洗った駿が戻ってきて、惚《ほう》けた顔をして娘を抱き上げた。

「ただいまー。すみれ。今日も良い子だったか？」

「あぶぶ」

娘が小さな腕をぱたぱたと伸ばし、駿に笑顔を向ける。

「そうかそうか」

外では見せたことのない満面の笑みで、駿が娘に頬ずりをした。

「うちの娘は本当に可愛いな。天使だ、これは」

真面目な顔をして言う駿を、わたしは呆れた目で見た。

いつもの仏頂面はどこに行ったのかしら？　会社の人が見たらきっとびっくりするわね。

出会ってからこれまで、常に顔をしかめているような男だったのに。本当に変わるときは変わるのねえ。

夕食を食べる間も駿はご機嫌だ。

今日は何をして遊んだとか聞かれるけれど、たかだか生後三ヶ月の赤ちゃんがやることは、寝るかおっぱいを飲むか、欲求のために泣くかどれかだ。

それを言っても、駿はそうかそうかと機嫌がいい。

まあ、楽しそうだからいいか。

自分の作った料理を美味《おい》しそうに食べる夫を見ながらにんまりと笑った。


さくらが我が家に訪ねてきたのは、メールを送って二週間ほど経った頃だった。帰りに寄ると連絡を受けていたので待っていると、駿と一緒に帰ってきた。

「おじゃましまーす」

「お疲れ様、さくらちゃん。わざわざごめんね」

「いえいえ、柚木さんが手伝ってくれたので」

そう言ったさくらの後ろから、どこで借りてきたのか台車に荷物を載せた駿が玄関に入ってきた。

「おかえりなさい。悪いわね、頼んじゃって」

「いや、まあさすがにタクシーで帰ってきたよ」

確かに、その台車で電車は無理よね。どうしてそんなになったのかちょっと疑問だけど。

「すみれちゃーん、さくらおねえちゃんですよー。ちょっと見ない間にまた大きくなったね」

さくらが娘の頬をツンツンとつつく。

人見知りをしない娘はさくらに向かって笑顔を向けている。

「ひゃー、ほんと可愛い。こりゃ柚木さんも早く帰りたがるわけですわ」

さくらがはしゃいでいる間に、駿が台車から荷物を下ろしてリビングに運んだ。

「それにしてもなんなんだこれ？　めちゃくちゃ重たかったぞ」

「抱っこ紐《ひも》の試作品よ」

わたしが言うと、駿とさくらが二人して驚きの声を上げた。

「え、これが？」

「え、抱っこ紐《ひも》だったんですか？　てっきり持ち運び用の金庫かなにかだと思って、特注の鉄板を発注しちゃいましたよ」

「違うわよ。抱っこ紐《ひも》って言わなかったっけ？」

「言ってませんよ。丈夫で肩にかけられて満員電車でつぶされないものってことくらいで」

わたしとさくらが話している間に、駿が荷物を開けて中を見ていた。

「いや、これ無理だろ。志乃、お前持てるのか？」

「えー。持てない？」

応えつつ、箱に入っているほぼ鉄製のリュックのようなものを持ち上げようとしてみたけれど……

「……これは無理ね」

三人で箱を見下ろし、微妙な空気が一瞬流れた。

「せっかく作ってくれたさくらちゃんには悪いけど、もうちょっと軽くて丈夫な素材に変更よ」

「ですね」

「そうと決まれば早速打ち合わせよ。明日はお休みだから、さくらちゃん、良かったら泊まっていって。着替えも貸すから」

「わー。良いんですか？　お泊まり会だー」

三人で夕食を食べ、その後さくらと顔を突き合わせてアイデアを出し合う。

その隣で駿が鼻歌を歌いながら娘のおむつ替えをしていた。

なかなかシュールな光景だけれど、こんな生活も良いものだと改めて思った。

さくらと夜通し話し合った結果、カーボン製の抱っこ紐《ひも》を試作することにした。

外側は軽くて丈夫なカーボン。体にフィットするよう、絶妙な曲線を調整した。内側は低反発のスポンジで赤ちゃんの体を優しく包む。これなら満員電車で押されても、つぶされることがない。

意外と良く出来たので、社内で協力してもらって実証実験したところ、みんなから高評価を頂いた。

社内に保育所があるのは良いけれど、そこまで連れてくる手段を考えるのが課題だったので、自宅近くの保育園を利用していた人も、これなら通えると言う意見もあった。

これに気を良くした企画部長が上に報告し、さらに調子に乗った会社が〝警備会社が作る抱っこ紐《ひも》〟と称して限定生産の一般募集をしたところ、想定以上の応募があったとか。

今は抱っこ紐《ひも》のみならず、満員電車でも安心して乗れるベビーカーの開発を頼まれたところだ。

さくらと企画成功の祝杯を上げたのは、本格復帰の直前の週末のこと。

「さすがは転んでもただで起きないカチョー！　天才はやることが違いますね」

「いやいや、さくらちゃんのお陰よ。これで産休育休で休んだ分を補えたわ。研究費用ももぎ取れたし、一石二鳥だったわね」

どんちゃん騒ぎのわたしたちの隣で、駿が娘をあやしながら真剣に言い聞かせていた。

「すみれ、お前は普通で良いからな。ただただ可愛く、幸せに育ってくれよ」

どういう意味なのかしら？　まったく失礼しちゃうわね。

でも、不思議と腹は立たない。駿が言うように幸せだから。

ああそうか。その定義は人それぞれだけど、今のわたしにとっての幸せはこんな日常なのだ。

お酒代わりのジュースを飲み干しながら、わたしはわたしの幸せをかみしめた。

本書は、2019年4月当社より単行本として刊行されたものに、書き下ろしを加えて文庫化したものです。


この作品に対する皆様のご意見・ご感想をお待ちしております。

おハガキ・お手紙は以下の宛先にお送りください。

【宛先】

〒150-6008 東京都渋谷区恵比寿4-20-3 恵比寿ｶﾞｰﾃﾞﾝﾌﾟﾚｲｽﾀﾜｰ8F
（株）アルファポリス　書籍感想係

メールフォームでのご意見・ご感想は右のＱＲコードから、
あるいは以下のワードで検索をかけてください。

アルファポリス　書籍の感想　検索

ご感想はこちらから

エタニティ文庫

わたしのＳＰの鉄壁《てっぺき》♥恋愛警護《れんあいけいご》

桜木《さくらぎ》小鳥《ことり》

2022年9月15日初版発行

文庫編集－熊澤菜々子
編集長－倉持真理
発行者－梶本雄介
発行所－株式会社アルファポリス
〒150-6008 東京都渋谷区恵比寿4-20-3 恵比寿ｶﾞｰﾃﾞﾝﾌﾟﾚｲｽﾀﾜｰ8F
TEL 03-6277-1601（営業）　03-6277-1602（編集）
URL https://www.alphapolis.co.jp/
発売元－株式会社星雲社（共同出版社・流通責任出版社）
〒112-0005 東京都文京区水道1-3-30
TEL 03-3868-3275
装丁イラスト－花綵いおり
装丁デザイン－AFTERGLOW
（レーベルフォーマットデザイン－ansyyqdesign）
印刷－株式会社暁印刷

価格はカバーに表示されてあります。

落丁乱丁の場合はアルファポリスまでご連絡ください。

送料は小社負担でお取り替えします。


ISBN978-4-434-30848-2 C0193